LIBERTÉ
CONDITIONNELLE

FLORIAN DENNISSON

CHAMBRE
NOIRE

À Nico,
dans mon cœur pour toujours

1

Le soleil ne s'était pas encore levé et les réverbères faisaient briller, pour quelques minutes seulement, les pavés de la rue Saint-Georges, dans le 5e arrondissement de Lyon. Au loin, une sirène de police fit frissonner Romeo. Même après avoir purgé sa peine et payé sa dette envers la société, il ne s'était jamais habitué à ce son si particulier qui, dans un réflexe pavlovien, mettait à chaque fois tout son corps en alerte. *Quatorze piges de ballon et je tremble toujours comme une feuille morte au son des condés*, se désola-t-il.

Arrivé devant le numéro 56, Romeo empoigna ses clefs et ouvrit la porte principale du Shakespeare, le bar qu'il avait repris un an auparavant, dans les quelques mois qui avaient suivi sa sortie de prison. Romeo Brigante : barman. À l'époque, ça aurait bien fait marrer son professeur de mécanique qui n'avait de cesse de répéter que l'élève aux origines italiennes aurait à coup sûr un avenir en adéquation avec son nom. Brigante. C'est vrai qu'on n'aurait pas pu trouver mieux. Il y avait quelques décennies, quand Romeo avait commencé à remplir son casier judiciaire comme on remplit les cases d'une grille de loto, les flics n'en avaient pas cru leurs yeux. Ils venaient d'arrêter un Brigante ! Est-ce qu'on a idée d'être poissonnier parce qu'on s'appelle Saumon ou boulanger quand on se nomme Farine ? À bien y réfléchir – et fort heureusement pour lui –, son patronyme lui attirait plutôt une forme de sympathie, l'ironie d'un tel sort portant souvent à rire.

Les lampadaires publics s'éteignirent et les rayons du soleil s'engouffrèrent dans les rues du vieux Lyon à mesure que les premiers travailleurs quittaient leur domicile, guidés par les odeurs de café et de pain frais. Des cafés, il allait s'en enquiller et en servir toute la matinée sans discontinuer. Il y aurait aussi des petits ballons de blanc pour les piliers de bar et des chocolats chauds pour les clients les plus chiants. Parfois, quand il en avait sa claque de se coltiner la confection fastidieuse de tels breuvages, Romeo décidait qu'il n'avait soudainement plus de lait. Malheur au petit malin qui pointait du doigt la brique toute neuve à côté de la machine à café, car monsieur Brigante avait quand même fait près de quatorze années derrière les barreaux et il ne fallait pas trop jouer avec ses nerfs.

Il descendit les chaises des tables, passa un coup de chiffon sur toutes les surfaces lavables et alluma les deux flippers de l'arrière-salle. Enfin, lorsqu'il fut définitivement prêt à accueillir ses premiers clients, il fit fonctionner l'enseigne lumineuse et le mot « Shakespeare » éclaira la façade.

Quand il faisait de bonnes journées, qu'il avait taillé le bout de gras avec les habitués et gagné la confiance de nouveaux chalands, Romeo se demandait souvent pourquoi il n'avait pas choisi cette vie-là dès le début. Certes, il avait vécu des années fastes où l'argent et les filles défilaient au rythme des braquages, toujours sans violence, et où tout était, d'une manière générale, plus facile. On pouvait fumer dans les restos, boire un peu plus avant de prendre le volant, faire des blagues sans offusquer personne et niveau braco, pas encore de police scientifique digne de ce nom ni de téléphones portables pour cafter le moindre de vos mouvements. C'était mieux avant comme dirait l'autre. Mieux, mais à quel prix ? À celui de près de quinze ans de taule ? Il était certain que les virées en BMW E28 série 5 à plus de deux cents kilomètres-heure sur des autoroutes sans radars n'avait été d'aucun secours à Romeo lorsqu'il faisait inlassablement le tour de sa cellule de neuf mètres carrés à Saint-Paul et Saint-Jo[1]. Les orgies arrosées au Dom Pérignon dans sa villa de Nice n'avaient servi à rien non plus contre les passages à tabac par les matons de la maison d'arrêt ni contre les coups de lame de rasoir des autres détenus qui voulaient se faire un nom. Les poches remplies à déborder de talbins à ne plus savoir qu'en faire n'avaient pas pu édulcorer ses interminables nuits à pleurer entre quatre murs. Tout ça, c'étaient des souvenirs, rien que des souvenirs bien inutiles, bien incapables de faire quoi que ce soit pour changer son quotidien. Il s'était bien marré, oui, mais la blague avait tourné au vinaigre un jour de septembre quand le verdict était enfin tombé : vingt ans de réclusion criminelle pour monsieur Brigante. Cet empaffé de monsieur Chabalier, prof de méca au lycée Pierre Brossolette, avait finalement eu raison : l'avenir de Brigante serait à la hauteur de la signification de son nom.

Libéré pour bonne conduite au bout de treize ans, il avait néanmoins refusé de sortir avec pour symbole de redépart un chiffre à faire pâlir le moins crédule des superstitieux et avait attendu quelques mois de plus pour que le compteur affiche quatorze. C'était con, mais c'était du Brigante tout craché. On ne devient pas un des plus gros braqueurs de sa génération sans être un peu tatillon et sans croire un peu en sa bonne étoile. On a beau tout planifier à la seconde près, si madame Chance se fait dorer la pilule ailleurs – auprès d'un gagnant du loto par exemple –, on peut dire adieu à femmes et enfants, et bonjour à un placard en béton infesté de cafards que ceux du dehors appellent prison.

Au moment où la première grille avait été refermée sur huit ans de vie sur le fil du rasoir à compter les billets par paquets de mille, Romeo avait compris qu'il allait devoir filer droit. Un an qu'il était sorti et un an qu'il n'avait pas fait un pas de travers. Pas un centime n'avait été pris au black, pas un impôt n'avait été oublié, pas un PV n'avait été majoré. Romeo Brigante : citoyen modèle. Prends ça, Chabalier, avec tes réflexions à la mords-moi-le-nœud ! Son bar, le Shakespeare, marchait plutôt bien et ce nouveau boulot au contact des gens lui plaisait beaucoup, lui qui avait dû utiliser un parloir pour avoir une conversation normale pendant cent soixante-huit mois. Cela lui permettait de payer les traites et surtout les mensualités de la maison de retraite où séjournait son père, Giuseppe Brigante. Ce vieux briscard représentait tout pour lui. Il lui en avait fait baver avec toutes ses conneries, mais au fond, ces conneries, il les avait faites avant tout pour lui. Sa mère avait quitté le plancher des vaches quand il était encore enfant et à part quelques photos, aucun souvenir ne venait remplir la mémoire déjà saturée de Romeo. C'était avec son père qu'il avait toujours vécu. Un père immigré italien qui avait dû se battre pour tout obtenir. Aucune faveur ne lui avait jamais été faite et il avait accumulé les petits boulots pour subvenir à ses besoins et à ceux de son fils. La vie avait décidé d'ajouter une couche supplémentaire de merde sur la tartine du paternel, comme ça, gratos. Alors un jour, le jeune Romeo en avait eu marre de voir son père galérer et était allé piquer deux belles bavettes de bœuf chez le boucher de sa rue, juste pour le plaisir de manger un bon repas une fois dans l'année. C'était à partir de là que tout avait changé dans l'esprit de Romeo : si la vie ne lui donnait pas ce qu'il voulait, il irait se servir lui-même.

Jusqu'à ses 25 ans, ce self-service n'avait consisté qu'en des délits mineurs, mais il était passé aux choses sérieuses quand il avait fait la rencontre des membres de ce qui serait appelé la bande des Allemandes par la presse, en référence à l'utilisation qui semblait exclusive de voitures de marque BMW pour effectuer leurs casses. Cette vie faite de braquages et de détours par les petites routes pour éviter la police avait duré huit ans. Huit ans d'adrénaline, de coupures de presse et de grosses frayeurs, mais pas un mort à déplorer. Juste quelques flics blessés de temps en temps, mais un flic, c'est un flic, il sait pour quoi il a signé. C'est comme un bandit qui part en prison, faut pas qu'il s'étonne.

Entre midi et deux, les affaires étaient toujours beaucoup plus calmes. À la trêve de mi-journée, les clients quittaient le bar et se répartissaient dans les différents restaurants du vieux Lyon. Romeo avait fait le choix délibéré de ne pas servir à manger au Shakespeare en dehors de quelques olives et autres cacahuètes. Il n'aimait déjà pas faire des chocolats chauds, pas la peine de s'embêter à faire à béqueter : il laissait ça aux restaurants du coin.

C'est à midi pile qu'il vit débarquer quatre individus à la mine patibulaire qui prirent place dans la salle du fond, à l'exception d'un seul qui se dirigea, lui, vers le comptoir.

— Excusez-moi, vous savez où je peux acheter *Le Monde* ?

Le type était mal rasé, ses yeux étaient noirs, le regard dénué d'empathie, et une cicatrice à l'arcade empêchait la repousse de ses sourcils sur une petite surface : une vraie gueule d'ange. Quand il eut terminé sa question, un long et lent frisson parcourut le corps de Romeo. Le gars venait d'utiliser la première phrase du *code*. Une phrase anodine pouvant être entendue par des oreilles indiscrètes sans éveiller aucun soupçon, juste quelques mots en forme de signe de reconnaissance. Se pouvait-il que ce fût une coïncidence ? L'homme à la veste de cuir, accompagné de trois de ses sbires, désirait-il vraiment lire son quotidien préféré en sirotant une menthe à l'eau ? Si Romeo avait eu quelques doutes, la suite de la conversation allait les balayer en une fraction de seconde.

— Oui, vous cherchez quelle édition ? continua-t-il.

C'était la réponse prévue par le protocole. Ce code était utilisé par la bande des Allemandes avant toute réunion préalable à un braquage. C'était une façon très simple et discrète d'attester de son appartenance à l'opération en devenir et aussi d'alerter de la présence d'oreilles policières si besoin était. Si on soupçonnait des flics en civil de rôder dans les parages ou que le lieu de la réunion était mis sur écoute, il fallait répondre : « *Malheureusement, je crois que tous les kiosques sont fermés* ». Dès lors, tout le monde tentait de se disperser sans faire de vagues en attendant d'autres instructions pour une réunion future.

Le type esquissa un début de sourire, ses yeux s'agrandirent, il se pencha sur le zinc en direction de Romeo et lui répondit :

— Je cherche l'édition d'aujourd'hui.

Il avait bel et bien utilisé le code. Plus aucun doute désormais. Quelque peu désarçonné d'avoir fait un furtif plongeon dans son passé de malfrat, Romeo, comme pour se ressaisir, reprit ses habitudes de patron de bar.

— Qu'est-ce que je vous sers, messieurs ?

Gueule d'ange donna un rapide coup d'œil à gauche puis à droite et, repérant un adolescent en pleine partie de flipper, se positionna en face de Romeo :

— Ce sera cinq cafés et pour lui – il désigna le jeune d'un coup de menton –, ce sera la porte.

Alors que Blouson de cuir retournait en direction de l'arrière-salle pour rejoindre ses collègues, Romeo fit le tour du comptoir pour aller à la rencontre du blondinet à lunettes qui avait l'air absorbé dans sa partie.

— Désolé, mon vieux, je vais devoir fermer le bar, j'ai une petite urgence.

— Ah non ! Je suis en plein multibille, là, je vais le faire claquer ! implora-t-il d'une voix fluette.

Le binoclard ne quittait pas des yeux les billes de plomb qui fusaient sous l'épais carreau de verre. Romeo posa une main sur son épaule et continua calmement.

— Écoute, c'est assez urgent. Repasse plus tard et je te paye une partie et un truc à boire si tu veux.

— Mais putain, je suis à deux doigts, là !

Sans décoller le regard des lumières qui clignotaient à une vitesse folle, le jeune fit remonter ses lunettes d'un coup d'index rapide. Il n'avait l'intention de stopper sa partie pour rien au monde. Et pour vingt euros ? se demanda Romeo. Il fouilla dans la poche de son jean, sortit un billet bleu tout froissé et le colla sur la vitre du flipper en un claquement qui résonna dans tout le bar.

— Allez, prends ça et file. Tu pourras repasser plus tard, je te dis.

L'empoigne sur l'épaule du gamin s'était faite plus ferme. Le blondinet décolla les doigts des boutons-poussoirs et tourna le visage vers Romeo, laissant ses trois billes et sa partie tomber. Après avoir compris qu'il fallait obéir au patron, il balbutia quelques mots incompréhensibles, empocha le billet et se pressa vers la sortie. Romeo lui emboîta le pas, verrouilla la porte derrière lui et tira les rideaux. Pour un peu, il se serait cru vingt ans plus tôt, lors de la préparation du casse du casino du Lyon Vert.

. . .

À l'instar des billes de flipper durant la partie du gone[2], des milliers de questions fusaient dans le cerveau de Romeo. Il avait pourtant été clair pendant son séjour en incarcération : il quittait le milieu. La nouvelle avait été accueillie avec tristesse par ses collègues de l'extérieur, car Romeo était un des meilleurs éléments, le sous-chef de la bande. Il avait pris gros, vingt lourdes années au violon, il avait ramassé pour les autres. Il n'avait pas moufté pour autant. Une vraie tombe, une stèle muette dans un cimetière fait de béton, de barreaux infranchissables et de douches froides. Son silence avait été maintes fois récompensé : un repas digne de ce nom à chaque veillée de Noël, des visites conjugales avec des filles payées pour l'occasion et même quelques passages à tabac sur des détenus qui auraient pu lui causer du tort. Le grand banditisme avait toujours son ancien poulain à la bonne et faisait jouer ses relations jusque dans les cellules du milieu carcéral français.

Le chef de toute l'organisation, le big boss du gang des Allemandes, n'avait jamais été inquiété une seule seconde. À l'époque, la police soupçonnait bien un certain Antoine Perez, mais impossible de le placer aux jours et aux endroits des différents casses. À croire qu'il les commanditait, mais n'y participait même pas. Seul Romeo savait que Tony était le grand patron de l'organisation et à tous les deux, ils pilotaient les opérations. Un système complexe de codes, de réunions à visage masqué et de tests de confiance assurait le quasi-anonymat de chaque membre.

Durant ses quatorze années à l'ombre, pas une seule fois Romeo n'avait été approché pour reprendre du service, même à distance, bien au chaud depuis sa geôle de Saint-Paul et Saint-Joseph. Le message avait été clair et tout le monde de la pègre l'avait entendu et compris. Plus d'une année qu'il était sorti et là encore, pas l'ombre d'un rapprochement ni le moindre signe. Jusqu'à ce jour. Que venait foutre cette bande de petites frappes peu précautionneuses qui utilisaient le code pour se donner bonne allure et se faire croire qu'ils appartenaient à une race de bandits aujourd'hui disparue ? Pourquoi étaient-ils venus traîner leurs guêtres chez lui, au Shakespeare ?

Romeo n'avait aucune intention de poser la moindre question, il attendait juste que le temps s'écoule en essuyant verres et tasses fraîchement sortis du lave-vaisselle. Il évitait soigneusement de porter le regard sur la table au fond de la salle, même quand des rires ou des phrases plus fortes que d'autres attiraient fatalement son attention.

À l'issue de trois longues heures, les intrus se levèrent et Gueule d'ange s'approcha du zinc.

— On a fini, tu peux reprendre ton train-train. Merci pour ta discrétion.

Il avait dit merci comme on dit merci à un dentiste qui vient de vous arracher une dent sans anesthésie. Une formule de politesse dénuée de fond réel, une sorte d'automatisme convenu. Romeo se contenta de hocher la tête. Il posa son torchon et escorta le petit groupe vers la sortie. Tous prirent la rue Saint-Georges par la droite sans un regard pour le patron, à l'exception de Gueule d'ange qui fit un petit clin d'œil dans sa direction.

Romeo tira les rideaux comme on tire un trait sur son passé, secoua la tête à deux reprises puis se posta derrière son comptoir pour faire ce qu'il savait le mieux faire : taulier de bar.

Au Shakespeare, les clients avaient défilé tout l'après-midi et le jeune blondinet était même revenu claquer ses vingt euros dans plusieurs parties enivrées de flipper et quelques cocas. Si la réunion impromptue de la fin de matinée avait affecté Romeo, il ne le montra pas. On ne devient pas un des gangsters les plus recherchés de France si l'on se laisse abattre à la première occasion. Certes, son passé avait ressurgi comme une ado qui annonce sa maternité à ses parents entre le fromage et le dessert, mais il n'y avait pas de quoi en être déstabilisé pour autant. Au contraire, il avait agi selon un ancien protocole et avait fait ce qu'il avait à faire, sans remous. Les types avaient sûrement eu besoin d'une planque de fortune pour organiser, sur le pouce, une quelconque opération répréhensible par la loi, et de vieux collègues les avaient aiguillés vers quelqu'un de confiance : Romeo le rital. À son avis, il ne fallait pas chercher plus loin.

Le tiroir-caisse était presque plein et il n'y avait pas l'ombre d'un péquin dans toutes les salles du bar : le Shakespeare pouvait fermer une demi-heure avant l'heure légale et ce n'était pas plus mal. Il n'y avait pas de petites victoires. Après avoir fait toutes les vérifications habituelles, Romeo fit le tour des flippers pour mettre un terme à leurs scintillements de loupiotes et à leurs cacophonies électroniques ; il éteignit la salle du fond, puis celle où il se trouvait, évoluant vers la sortie dans le noir, aidé par les seuls reflets des réverbères sur la baie vitrée. Pour la seconde fois de la journée, il tira les rideaux et fit un pas à l'extérieur, son jeu de clefs en main.

Alors qu'il faisait faire un premier tour au verrou dans un cliquetis familier, les petits poils à la base de son cou se hérissèrent. Son instinct de chasseur mit tout son corps en alerte : une présence peu rassurante l'incommodait dans son dos. Il n'eut pas le temps de se retourner qu'il sentait déjà le froid du métal faire pression sur ses lombaires.

— Rentre dans le bar, tranquillement.

Il ne sut pas très bien s'il avait été d'abord étonné par le tutoiement ou la voix féminine, mais il avait assez d'expérience pour savoir que dans ce genre de cas, il fallait coopérer avant d'envisager toute tentative de riposte. Qui ose me braquer ? pensa-t-il. Une nana ? Il fit un tour de clef dans le sens inverse et poussa la porte de la main gauche, toujours esclave d'un possible calibre contre ses lombaires.

— Avance, et va t'asseoir, lui ordonna la voix de l'inconnue.

Il s'exécuta, cherchant à tâtons la table la plus proche. Deux masses encore indistinctes franchirent le seuil après la braqueuse. La vilaine avait du renfort, pas de quoi trop faire le mariole. Quand Romeo fut assis, la femme se décala, le tenant toujours en joue, et saisit une chaise pour venir se poster en face de lui. L'obscurité presque totale l'empêchait de voir son visage, mais les reflets métalliques du flingue confirmaient qu'elle était bien accompagnée. Ses deux collègues restèrent debout, à un mètre derrière elle, comme dans un remake peu rassurant d'un film de mafia quelconque.

— Brigante. Ah, j'adore ce nom !

Elle esquissa un sourire dont le scintillement sembla éblouir Romeo, puis continua :

— Tu vas commencer par nous dire où sont les interrupteurs dans ce troquet, qu'on y voie un peu plus clair.

Si c'était un braquage, Romeo n'en avait jamais vu d'aussi théâtral. La plupart du temps, on est bien trop content de pouvoir se tirer avec l'oseille avant même que le taulier ait pu dire ouf. Et puis on n'est pas du genre à chercher le nom des otages pour le leur ressortir à la face en leur pointant un feu devant le pif. Cela lui rappelait ces films de James Bond où le méchant explique par A plus B au héros comment il va faire pour le tuer, tout en lui laissant tout le loisir de faire foirer son opération. Romeo n'avait pas l'intention de jouer les agents secrets britanniques, il était rangé des voitures. S'ils étaient venus pour piquer la caisse, ils n'avaient qu'à se servir, pas la peine de risquer sa liberté vieille d'à peine un an pour finir avec du plomb dans le lard.

— Il y a un poteau à droite du bar, c'est là que sont tous les interrupteurs. Celui du haut allume cette salle, dit Romeo.

La femme se retourna vers un de ses sbires :

— Fais-nous une ambiance cosy, veux-tu, Aymeric ? dit-elle d'une voix plutôt guillerette.

Elle balance carrément les prénoms ; c'est quoi, ce braquage ? pensa Brigante.

Le plafonnier s'illumina et chacun put se toiser à sa guise. Celui qui se tenait vers le poteau était un homme plutôt bien bâti, portant une barbe de trois jours et une chevelure aussi noire que le cuir de sa veste. L'autre gars était un grand bonhomme à la mine assez sympathique dont les tempes poivre et sel reflétaient soit son âge, soit le stress de sa vie quotidienne. Assise devant Romeo, une femme aux cheveux d'un roux sombre le fixait de son regard bleu glacé. Les années l'avaient vraisemblablement embellie tant ses petites pattes d'oie au coin des yeux lui donnaient un charme ravageur. Difficile cependant de lancer une invitation à dîner quand un SIG-Sauer[3] vous lorgnait tel un cyclope d'acier.

La femme sourit une nouvelle fois, exhibant une dentition parfaite qu'un modèle pour Émail Diamant aurait jalousée. Elle rangea le pistolet automatique dans son holster et brisa de nouveau le silence :

— Pas de panique, Brigante. On est du bon côté de la loi, nous.

Elle avait insisté sur le « nous ».

— On te veut pas de mal, juste te poser quelques questions.

— En quel honneur ? répondit Romeo.

— Mille excuses ! Je pensais que tu aurais compris sans qu'on ait besoin de faire les présentations, mais réparons cette hérésie.

Elle leva son pouce gauche en direction de Blouson en cuir :

— Voici le lieutenant Aymeric Chopin.

Le type ne broncha pas. Elle fit alors le même geste avec sa main droite en direction du grand.

— Et voici le capitaine Frédéric Ropert.

Celui-ci daigna hocher la tête. Définitivement beaucoup plus sympathique que Frédo Blouson de moto.

— Quant à moi, je me présente, je suis la commandante Van Deren de la DIPJ de Lyon.

Romeo crut un instant qu'elle allait lui tendre sa main pour qu'il la baise. Mais rien de tout cela n'arriva.

Les flics. C'étaient donc les flics qui venaient lui rendre visite à une plombe du matin, avec des méthodes dignes des plus grands malfrats.

Comme si elle avait lu dans ses pensées, la commandante Sofia Van Deren relança :

— Excuse l'intrusion un peu musclée, mais par ici, les rues ont des yeux et il valait mieux jouer le jeu. Faire croire qu'on était tout sauf des flics... Bref, tu vas vite comprendre.

Policiers ou pas, il avait étonnamment du mal à se faire au tutoiement. Plutôt que de conférer une sorte de proximité au dialogue, ça lui donnait une impression de hiérarchie, comme si Romeo était le larbin de Sa Majesté la rousse. Cette dernière continua :

— Ça fait des mois qu'on observe un certain Mustapha Benacer sans jamais arriver à le coffrer. Et cet après-midi, bingo, il débarque chez un type bien connu de nos services, accompagné de trois de ses lieutenants.

Si elle parlait de celui qui avait utilisé le *code* quelques heures plus tôt, son nom d'origine nord-africaine ne s'accordait pas du tout avec son physique. Gueule d'ange avait plutôt une tronche à venir de la Creuse que des rives d'un oued algérien. Triste ironie. Romeo avait été le premier à en faire les frais à son époque : la France de l'embauche et des loyers grinçait toujours un peu des dents avec ceux dont on avait du mal à faire remonter les origines jusqu'aux Gaulois. Pas étonnant qu'il ait fini là, à enfreindre une loi qui ne semblait pas la même pour tout le monde. Peut-être qu'un jour, à force de se faire refuser boulots et appartements, ce Mustapha avait dû faire comme Romeo autrefois et se servir tout seul dans la caisse. Sa compassion pour ce gusse et pour ses choix malheureux de vie s'arrêtait cependant là, et il n'avait aucune idée de ce que lui voulaient les poulets. Certes, le beur s'était pointé pour organiser une réunion dans son rade, mais il n'y avait rien de plus.

Van Deren ne tarda pas à éclairer sa lanterne.

— Dans toute cette satanée ville de Lyon, poursuivit la commandante, ils sont venus chez toi. Pourquoi ?

Rien de plus simple. Dire la vérité. Ça ne marchait pas toujours, surtout avec un CV comme celui de Romeo Brigante, mais il n'y avait pas grand-chose d'autre à faire.

— Écoutez, je vais être honnête avec vous, je ne sais pas qui sont ces types. J'imagine que vous connaissez mon dossier ; c'est fini, tout ça, pour moi. Je suis sorti pour bonne conduite...

— Oui, on sait. Tu pouvais sortir au bout de treize ans et sept mois et toi, t'es resté cinq mois de plus au trou ! Franchement, qui fait ça ? dit-elle en levant les bras en l'air.

— Treize, c'est un chiffre qui porte malheur, je voulais pas me foutre la poisse dès ma sortie de prison. Des malheurs, j'en ai assez eu, rétorqua-t-il.

— Et t'en as causé aussi, un peu, avoue.

Elle se pencha vers lui, son parfum enivrant caressant ses narines comme des phéromones printanières. La commandante ne le laissa pas répondre :

— Je vais t'expliquer les choses un peu plus clairement, si tu veux bien. Le simple fait qu'une bande de voyous avec des casiers longs comme le bras soit venue dans ton établissement est un motif suffisant pour que tu retournes au trou. Je te rappelle que ton délai d'épreuve n'est pas encore passé et que tu viens de violer ta conditionnelle, alors sois sympa et dis-nous ce que Mustapha et ses potes faisaient chez toi.

L'estomac de Romeo se retourna. Obnubilé par le fait de filer droit et de rester dans les clous, il en avait oublié les conditions de sa liberté. Comment avait-il pu croire une seule seconde que favoriser une réunion d'une bande organisée n'allait pas lui attirer tôt ou tard des ennuis ? Il baissa la tête et fixa le bois élimé de la table devant lui pendant quelques secondes avant de répondre.

— J'en sais rien, soupira-t-il. Je me rends bien compte maintenant que c'était une connerie, mais sur le moment, j'ai pas pensé, j'ai juste servi des cafés à des types que je connaissais pas.

— Tu te fous de notre gueule ?! vociféra-t-elle. On suivait Benacer et ses gars à la trace, on t'a vu lui parler et ensuite fermer les rideaux. T'appelles ça servir des cafés à des types que tu connais pas, toi ?

Romeo commençait seulement à se rendre compte de la spirale infernale dans laquelle il s'était plongé malgré lui, mais il n'avait pas d'autre choix que de continuer à dire la vérité.

— OK, dit-il calmement, je comprends votre point de vue. Je vais vous dire comment ça s'est passé exactement.

— C'est ce qu'on attend, oui, trancha-t-elle.

— Ce type-là, ce Mustapha Benacer, je le connais pas du tout. Jamais entendu parler de lui. Il a débarqué ici avec ses collègues, il est venu me dire qu'ils voulaient être tranquilles. Je suis pas né de la dernière pluie, je sais ce que ça veut dire, alors j'ai fermé le bar et tiré les rideaux. Dans ces cas-là, faut pas négocier, je savais qu'ils seraient repartis aussi vite qu'ils étaient venus.

— Ils t'ont laissé assister à la réunion ? Comme ça, sans problème ?

— Ils étaient dans la salle du fond, j'ai rien vu, rien entendu. Je me suis occupé dans mon coin. Ensuite, ils sont partis. Voilà. Pas plus, pas moins.

Sofia Van Deren se recula et se donna un court instant de réflexion en prenant une longue inspiration.

— T'es d'accord que ton baratin est quand même un peu dur à avaler ? poursuivit-elle.

— Je suis d'accord. Mais c'est la vérité. Je ne sais pas qui sont ces types ni ce qu'ils ont dit pendant les quelques heures où ils sont restés ici.

Les yeux bleu givre de la commandante perçaient le regard de Romeo comme deux pics à glace. Elle semblait sonder son âme pour y dénicher la vérité. Derrière, le capitaine Ropert et le lieutenant Chopin n'avaient pas bougé d'un iota, la rousse tenait ses chiens bien en laisse.

Un claquement sonore agressa toute la pièce. La commandante venait de frapper du plat de la main sur la table et s'était levée aussitôt après. Elle fit le tour de la chaise tel un geôlier qui réfléchit à la sentence qu'il va administrer à son prisonnier.

— Si tu dis vrai – et j'ai beaucoup de mal à le penser –, on va quand même devoir te garder sous le coude. Si c'est des conneries, on finira bien par le savoir et crois-moi, ce sera retour à la case prison sans empocher vingt mille balles.

Les talons de ses bottines claquèrent jusque derrière le zinc où elle se servit un verre d'eau du robinet. Après avoir bu, elle posa le récipient vide sur le comptoir et déclara :

— Voilà ce qu'on va faire. Frédéric et Aymeric ici présents vont se débrouiller pour faire venir une équipe et poser des caméras un peu partout dans ton bar. Quant à toi, Brigante, tu vas devoir te tenir à carreau et être à notre disposition quand bon nous semblera. Si ça nous prend l'envie de venir te tirer les vers du nez à 4 h du matin un dimanche, faudra que tu nous ouvres la porte et que tu prépares des cafés, compris ?

— Entendu, souffla doucement Romeo.

— Si on découvre le moindre rapport entre toi et les affaires de Mustapha, tu files au trou sans discussion. Compris ?

Le barman jugea la question rhétorique et ne prit pas la peine de répondre. Il avait la conviction qu'elle n'avait pas terminé son laïus. À raison :

— Je t'interdis de sortir du territoire jusqu'à la fin de notre opération et s'il te prend l'envie d'aller pisser, je veux être au courant. Tu viendras pointer au bureau quand on te le dira également.

Elle se tourna vers l'homme en noir, puis vers le grand grisonnant.

— Lieutenant, capitaine, rentrons nous coucher et laissons monsieur faire de même.

Aymeric Chopin et Frédéric Ropert marchèrent en silence vers la sortie tandis que la commandante les suivait en retrait. Lorsqu'elle fut à hauteur de la porte, elle se tourna vers Romeo, ses cheveux ondulant avec un charme doucereux qui plut à l'Italien. Les lumières de la rue Saint-Georges découpaient en silhouette les traits gracieux de son visage.

— Brigante, dit-elle plus doucement, fais en sorte que ton portable soit toujours chargé, je voudrais pas avoir à m'inquiéter.

La porte se referma lentement sur cette intervention incongrue de la police qui avait laissé Romeo médusé, à scruter le vide de la salle du Shakespeare.

_____

2

La nuit avait été courte pour Romeo qui ne supportait pas la situation délicate dans laquelle il se trouvait, mais, comme après sa sortie de prison, il préféra se plonger dans son travail afin de repousser ses pensées négatives le plus loin possible.

Un nouveau jour se levait sur le vieux Lyon et les habitués de son bar le lui rappelleraient dans quelques minutes. Baguette de pain frais sous le bras gauche et trousseau de clefs dans la main droite, Romeo, un peu en retard sur l'horaire habituel, trottinait en direction de son bar. La nuit peinait encore à se retirer et, quand les réverbères de la rue s'éteignirent, le quartier se retrouva dans une légère pénombre. *Le calme avant la tempête*, pensa-t-il.

Il glissa la grosse clef dans le pêne et sursauta lorsqu'il sentit une haleine chaude lui chatouiller l'oreille droite. C'était Mustapha Benacer. Le couteau à cran d'arrêt qu'il plaqua avec vigueur sur le cou de

Romeo attestait d'intentions beaucoup moins sympathiques que la veille. C'était dingue, cette manie, tout de même !

— Entre ! Dépêche-toi ! souffla-t-il entre ses dents.

Une impression de déjà-vu. Hier, la police ; aujourd'hui, la pègre. Les gens avaient décidément de curieuses façons d'entrer dans les bars de nos jours. Romeo ironisait pour ne pas céder à la panique. Il en avait vu d'autres, mais la sagesse d'un ancien bandit de 47 ans était mère de sûreté.

— Ferme derrière nous ! cracha Mustapha.

C'était reparti pour un tour. La chaise sur laquelle il s'était assis quand la commandante Van Deren l'avait interrogé l'attendait là au milieu de la pièce et Romeo se demanda si elle était encore chaude de la veille.

Alors qu'il prenait place, Mustapha vérifia que les rideaux étaient bien tirés puis se dirigea vers Romeo, le couteau pointé en avant.

— Qu'est-ce que tu fous avec cette pute de Van Deren ? lança Benacer en fronçant les sourcils.

Romeo n'eut même pas besoin de réfléchir. Il dirait la vérité, toujours, c'était son credo depuis qu'il était en liberté.

— Elle te traque. Les flics vous ont vus entrer ici. Elle est venue me poser des questions, dit Romeo posément.

— Hier, j'ai foutu un de mes gars en planque devant ton rade, histoire de. Une intuition, quoi.

J'avais bien raison ! J'ai failli faire le déplacement pour te planter, tellement j'étais véner, mais je t'ai laissé dormir, la nuit porte conseil.

— Je te dis la vérité, mec. Et j'ai dit la vérité aux keufs aussi. Je sais rien de toi, je sais pas ce que t'es venu faire chez moi. T'as utilisé le *code*, moi j'ai fait ce que j'avais à faire. Point barre.

— Putain, Perez m'avait pourtant dit que t'étais un mec de confiance.

Antoine Perez, dit Tony. Le nom était lâché. Il ressurgissait des entrailles oubliées du passé comme un vieux cauchemar autrefois récurrent. Souvent considéré comme le grand patron de la pègre à l'époque du gang des Allemandes, cet immigré espagnol n'avait pourtant jamais été appréhendé. Un vrai exploit dans le milieu, à tel point qu'on pensait parfois qu'il n'était qu'une légende ou un fantôme. Pour Romeo, Tony était tout ce qu'il y a de plus réel.

L'Espagnol avait pris l'Italien sous son aile et lui avait appris tout ce qu'il savait. À eux deux, ils avaient monté des opérations de grande envergure. Romeo sur le terrain, dans l'action et l'adrénaline et Tony dans l'ombre, caché quelque part où personne ne le trouvait jamais. Il refaisait surface au moment du tri du pognon, prenant une généreuse part sur le butin. Ça avait le don d'en agacer certains, mais c'était lui le grand cerveau, et sans cerveau, pas d'argent. Alors, on remballait sa fierté, et on faisait ce qu'on nous avait demandé de faire.

Être intégré à l'équipe de Perez était un gage d'excellence et surtout une promesse de se remplir les poches en un temps record. Il n'y avait pas plus lucratif à l'époque que les opérations de Tony. Elles faisaient la une des journaux et le grand dam des flics.

Tony était loyal, mais il ne fallait pas trop lui en demander niveau clémence. S'il avait le moindre soupçon, il faisait marcher le flingue et envoyait ses sbires à travers la France voire l'Europe pour aller zigouiller ceux qui parlaient trop ou ceux qui faisaient les fanfarons.

Perez avait toujours dit à Brigante que seuls les voleurs idiots se faisaient prendre. La règle d'or pour lui – et ça lui avait réussi jusque-là – était de ne pas flamber et de rester un péquin moyen. « *Tu tapes un demi-million ? Attends six mois puis investis dans un commerce, ne change pas de bagnole. Mieux même paie-toi une vieille tire d'occase. Investis, traite avec les politiques, graisse-leur la patte, entre dans le capital de leurs boîtes, achète des immeubles, des terrains, mais par pitié, évite les voitures de luxe et la vie tape-à-l'œil. Un type qui a une tronche à ne pas avoir son CAP fera toujours tache au Hilton de Monaco.* »

Quand Romeo était au placard, Perez avait tout fait pour lui rendre la vie plus facile et on ne peut pas dire que Brigante avait passé les mêmes quatorze années de prison que les autres détenus, malgré le fait que ça avait été dur. Il s'était un temps demandé s'il était possible qu'il culpabilise du fait que l'un ait pris pour l'autre, mais en fin de compte, c'était lui le grand chef et jamais il n'aurait échangé sa situation contre celle de l'un de ses sbires.

Brigante ne l'avait jamais balancé. Pas un mot, pas une virgule au sujet de quiconque d'ailleurs. Il avait tout pris dans la tronche au grand désespoir de son avocat qui lui avait pourtant bien expliqué qu'en lâchant deux trois noms, il pouvait réduire sa peine de moitié. Mais ce n'était pas dans la nature de Romeo et c'était probablement ce qui avait induit le comportement inhabituellement protecteur de Perez à son égard. Cependant, à la fin de ses années de prison, il avait fait comprendre à son ancien boss qu'il le remerciait du fond du cœur pour tout, mais qu'il quittait le milieu définitivement.

Après ça, silence radio. Romeo avait ouvert son bar et les vaches étaient bien gardées.

Que ce type qu'il ne connaissait ni d'Ève ni d'Adam se pointe dans son rade et jacte en se servant d'un code qui n'était plus utilisé depuis plus d'une décennie était une chose, mais qu'il prononce le nom d'Antoine Perez, c'en était une autre. Il n'avait pas fallu longtemps pour que le milieu le rattrape. Voleur un jour, voleur toujours, lui avait répété maintes fois son père.

. . .

Romeo s'enfonça dans sa chaise pour se mettre à l'aise et reprit le dialogue.

— J'estime que j'ai rien à me reprocher. Perez a raison, je suis de confiance. Je t'ai laissé faire ton affaire, j'ai pris des risques. Je suis en conditionnelle, mon vieux. Ça veut dire que si on me voit à moins d'un mètre de ta trogne, on me colle en taule jusqu'à la fin de ma peine et j'ai pas l'intention de souffler mes cinquante bougies au ballon !

Romeo semblait prendre le dessus dans cette conversation à mesure que son interlocuteur digérait les différentes informations.

Il reprit la parole :

— Si tu veux mon avis, tu aurais dû être plus discret. Une réunion en plein Lyon, c'est pas bien malin, non ?

Il ne lui laissa pas le temps de répondre et continua :

— Allez, range le schlass, et viens t'asseoir.

— Hé, papy, j'ai pas d'ordres à recevoir de toi ! Je vais t'expliquer ce qui va se passer.

Mustapha faisait les cent pas tel un lion en cage.

— Quand je vais sortir d'ici, tu vas rentrer chez toi, faire tes valises et te mettre au vert pendant, disons, un bon mois. Tu vas où tu veux, je m'en tape. Tu vas chez les bouseux ou à la mer, mais tu disparais du radar des flics.

La conversation tournait de nouveau en la faveur de celui qui tenait le cran d'arrêt, Romeo devait trouver une issue.

— Je peux pas faire ça. Les flics vont se douter de quelque chose. Pour l'instant, ils ne savent absolument rien. Ils vont me coller au cul pendant un petit moment, mais si t'es intelligent, et je crois que tu l'es, tu feras en sorte de ne plus rien avoir à faire avec moi et ces fouille-merde auront perdu leur temps.

Cela ne parut pas apaiser Benacer, qui approcha la pointe de son couteau du visage de Romeo.

— Ferme-la ! Laisse-moi réfléchir...

Mustapha avait les yeux injectés de sang comme ceux d'un chien acculé qui s'apprête à faire une dernière tentative de morsure sur son assaillant. Romeo s'engouffra dans la brèche.

— Écoute, dit-il calmement, je te promets que si tu fais ce que je t'ai dit, ça n'ira pas plus loin. Pour l'heure, il faut juste que tu me fasses confiance et aussi que tu ranges ça le plus vite possible parce que Van Deren et ses sbires voulaient me revoir aujourd'hui dès l'ouverture du bar. Ce serait ballot de les croiser, tu crois pas ?

C'était un mensonge, bien sûr, mais il fallait bien calmer les ardeurs de Benacer, et puis la commandante n'avait-elle pas néanmoins annoncé à Romeo qu'ils reviendraient poser des caméras ?

Comme giflé par la réalité, Mustapha secoua la tête puis se gratta le haut du crâne. Il plia le cran d'arrêt et marcha vers la caisse enregistreuse. Il empoigna un stylo et griffonna quelque chose sur du papier bristol à l'effigie d'une marque de bière. Il le tendit à Romeo.

— Tiens, tu peux me joindre à ce numéro. C'est une ligne *safe,* alors fais pas le con en m'appelant de ton portable ou de ton bar.

— Qu'est-ce que tu veux que je foute avec ça ?

— Tu vas me tenir au courant de tous les faits et gestes des keufs ! Je veux tout savoir et surtout ce qu'ils ont sur moi. Tu vas être mon indic auprès d'eux. Je te donnerai les instructions au fur et à mesure, t'inquiète pas, papy.

Romeo soupira. C'était la deuxième fois en moins de vingt-quatre heures qu'on le prenait pour un larbin, et des deux côtés de la justice en prime. Alors qu'il aspirait à une vie paisible et sans remous – à part ceux provoqués par des clients un peu trop éméchés –, Romeo se retrouvait pris en étau dans une affaire qui ne le concernait ni de près ni de loin. Un vrai Kafka était en train de s'écrire sous son nez sans qu'il y puisse quoi que ce soit. Après un tel état des lieux, Romeo tenta néanmoins de se rebeller quelque peu.

— Et si je refuse ?

— T'as pas vraiment le choix, Brigante.

La rébellion la plus courte de l'histoire de France. Une seule et misérable seconde.

— On a toujours le choix, Benacer, répondit Romeo.

— Tu iras leur dire ça, aux Eaux Vives.

Un éclair zébra le cœur de Romeo. Il sentit ses jambes flancher et fut rassuré de se trouver assis. Benacer avait prononcé le nom du centre où son père finissait ses vieux jours. Une sorte de maison de retraite améliorée, comme un euphémisme pour désigner l'antichambre de la mort. La petite frappe avait fait ses devoirs, il avait bien appris sa leçon et avait constitué son dossier contre Romeo. Le fumier. Lâcher un nom, comme ça, dans le seul but de viser pour tuer. Voyant qu'il avait touché là où ça faisait mal, Mustapha reprit de plus belle.

— Je connais un gars qui bosse là-bas. Camé jusqu'à l'os. Je sais pas comment ils font leur recrutement, mais une chose est sûre, je mettrais ni mon daron ni ma daronne dans une baraque où des employés s'en foutent plein le pif à longueur de journée.

— Où est-ce que tu veux en venir ?

— Ce type-là, si je lui coupe les vivres, il va péter un câble et je te garantis qu'il sera prêt à faire n'importe quoi pour avoir sa dose. Par exemple...

— Te fatigue pas, j'ai compris, intervint Romeo. Dis-moi ce que tu veux.

Mustapha esquissa un sourire narquois.

— Je te l'ai déjà dit, ce que je veux. Je veux tout savoir. Je veux pas que les flics viennent faire foirer mes plans.

— C'est exactement ce que m'ont demandé les flics à ton sujet. Je suis dans l'impasse.

— Au contraire, c'est parfait ! Tu leur diras ce que je te dirai de dire et tout se passera bien.

Romeo n'en était pas si sûr, mais Benacer avait dit vrai : il n'avait pas vraiment le choix.

. . .

Le dialogue en était resté là. Mustapha Benacer était parti comme il était entré, telle une anguille malveillante, laissant Romeo avec son dilemme. S'il ne coopérait pas avec la police, il retournait illico en prison et s'il ne faisait pas ce que l'Arabe lui disait, il risquait la santé de son père, peut-être même sa vie. Chaque partie avait fait son petit chantage de son côté avec les éléments en sa possession. Tu parles de liberté ! Un an à peine que ça avait duré.

Romeo était pris en tenaille entre deux univers, celui de la justice et des poulets, et celui de son passé qu'il voulait oublier. S'en prendre à son paternel et menacer Brigante de la sorte était un vrai coup bas, une chose qui ne serait jamais arrivée de son temps. Les bandits étaient ce qu'ils étaient, mais ils agissaient selon un certain code d'honneur. En tout cas, dans toute sa carrière de braqueur, Brigante et sa bande avaient toujours respecté une charte implicite, une constitution du milieu, des lois de voyous certes, mais des lois quand même. Prendre en otage un des siens et lui faire du chantage n'était bien évidemment pas inscrit dans le petit guide illustré du bandit de Romeo et il ne savait pas encore comment, mais il avait la certitude que quelqu'un devrait payer tôt ou tard pour un tel affront.

3

Rue Saint-Georges. 6 h 30. Vieux Lyon. Toujours les mêmes odeurs de bon pain en préparation émanant des boulangeries alentour, toujours le même clodo posté devant l'église avec son chien fatigué, rien n'avait changé dans la routine de Romeo ; pourtant, son esprit était ailleurs. Des cernes gros comme les valises d'un VRP en encyclo-pédies attestaient de la nuit peu réparatrice qu'il avait passée. Un bon café bien tassé lui ferait le plus grand bien.

Au bout de la rue, un camion vert à l'effigie d'Union Nouvelle – un des distributeurs de boissons les plus importants de la région – effectuait une marche arrière à une allure élevée, feux de détresse allumés et bips stridents en guise d'avertissement. Le véhicule s'arrêta au niveau du Shakespeare, bloquant toute la rue de sa largeur inconvenante.

Merde, j'ai dû oublier la livraison, pensa-t-il.

Romeo se pressa dans son bar, alluma la machine à café – les priorités restent les priorités – et se dirigea vers la réserve. Depuis qu'il avait repris le Shakespeare, l'Italien avait en horreur deux choses : la fête de la musique et les jours de livraison. La première parce que les rues de Lyon étaient bondées de groupes du dimanche qui, chaque année, massacraient des classiques du rock et de la variété – si tant était que cette dernière ne s'automassacrait pas déjà – et qu'il n'en pouvait plus d'entendre *We Will Rock You* de Queen à tous les coins de rue. Les guitares étaient souvent criardes et mal accordées, les batteurs étaient dans les choux et les chanteurs n'avaient de cesse d'en faire des caisses pour impressionner la galerie, refusant de voir la réalité en face : seuls tonton Maurice et tata Janine avaient daigné faire le déplacement. Et les bassistes, alors ? Les bassistes seraient toujours des bassistes. Des personnes qui rêvent d'être des guitaristes, mais qui n'ont pas assez de cordes à leur instrument – ni à leur arc d'ailleurs – et qui passent leur temps à engueuler les batteurs parce qu'ils vont trop vite.

Quant aux jours maudits de livraison, ceux-ci avaient le don de faire vivre un petit enfer à Romeo. La réserve du Shakespeare étant minuscule, il fallait toujours redoubler d'ingéniosité pour imbriquer et empiler tout le stock de boissons et de chaises pour être en mesure d'effectuer le moindre mouvement. S'il ne voulait pas tout laisser en plan au milieu de son bar et prendre un sacré retard sur cette journée qui commençait déjà mal, il allait devoir faire une jolie partie de *Tetris*.

Le gars d'Union Nouvelle frappa trois coups secs contre la vitre de la devanture.

— Entre, entre ! cria Romeo, empêtré dans son débarras.

En lieu et place de Kamel, l'habituel livreur, il reconnut le grand type des condés : le capitaine Frédéric Ropert. Les emmerdes continuaient.

— Coucou, Brigante, c'est la livraison du kit d'espionnage, lança-t-il sur un ton ironique que Romeo n'apprécia pas du tout.

Il se contenta de lui indiquer l'arrière-salle du bras et retourna à sa machine à café. La première bonne nouvelle était qu'il n'avait pas besoin de ranger la réserve. La seconde : il allait bientôt sentir les effets du pur arabica.

Le capitaine Ropert avait rameuté une équipe de trois petites mains, toutes affublées du même uniforme à l'effigie du distributeur de boissons. Romeo les trouvait ridicules, mais il salua l'effort. Il estimait en fin de compte que l'idée de ce camouflage n'était pas si mauvaise. C'était bien le genre de déguisement qu'il aurait utilisé pour un casse à l'époque.

Armés de perceuses, de pinces et de tournevis, les flics forèrent, coupèrent et fixèrent leur matériel technologique dernier cri dans le faux plafond et les murs du bar. Ils allaient avoir le son et l'image. Pas de doute, Romeo avait échappé à tout ça en son temps.

Échappé aux analyses ADN aussi. Aux téléphones portables, aux GPS et à internet, fléau parmi les fléaux selon lui.

Dans l'indifférence générale, le capitaine Frédéric Ropert de la DIPJ de Lyon et son équipe technique quittèrent les lieux comme ils y étaient entrés. Le Shakespeare était devenu le plus gros indic de la région. Brigante : la balance de marque italienne. Lui avait-on laissé le choix ? Non.

La visite de Benacer la veille lui avait collé la frousse. Romeo Brigante n'était pas du genre à se taper une suée pour un rien, mais quand le malfrat avait indirectement menacé de s'en prendre à son père, le monde avait failli s'effondrer. Jamais il ne laisserait qui que ce soit toucher un seul cheveu de Giuseppe, son paternel.

L'Italien regarda autour de lui puis en direction de sa montre. Personne. Il se dit que son objectif de chiffre d'affaires journalier était presque atteint et qu'en pareille circonstance, il avait droit à une pause. Il était 15 h et c'était décidé, il partait pour la maison de retraite où son père séjournait.

Planté comme un chrysanthème au milieu d'un cimetière, le centre des Eaux Vives exhibait sa façade jaune pisse sur la colline de Fourvière, à quelques minutes en voiture du Shakespeare. À l'intérieur, rien de bien réjouissant : ça sentait l'hôpital et surtout le sapin. Ça jouait au bridge en bavant sur les cartes, ça regardait la télé en se bavant dessus et quand ça leur restait un peu de bave, ça jactait au réfectoire. Pour ceux qui se rappelaient ce qu'ils avaient fait cinq minutes avant, les conversations allaient bon train. Les malheureux autres étaient condamnés à radoter à vie comme de vieux vinyles rayés. De vieux vinyles qui ne se rappelaient même pas qu'ils étaient des vinyles.

La réalité était triste, mais Romeo avait devant lui une carte postale envoyée du futur pour les gens de sa génération et lui. Aussi vrai qu'on devait tous y passer un jour, il arriverait un moment où un type devrait essuyer votre arrière-train à votre place en étant même payé pour le faire. À moins de faire le grand voyage avant.

Giuseppe Brigante pouvait s'essuyer tout seul, fort heureusement, et à quatre mille euros par mois la chambre, son fils espérait que, le moment venu, la personne en charge ferait ça avec amour et sans en oublier une miette. Par chance, le père de Romeo n'était ni sénile ni gaga. Il avait bien toute sa tête et les parties endiablées de belote qu'il faisait contre Mireille et Susanne en attestaient tous les dimanches soir. C'était Giuseppe lui-même qui avait voulu vivre dans ce centre. Il avait rencontré cette Mireille en question et quand elle avait dû être placée aux Eaux Vives parce qu'elle avait besoin de soins quotidiens que sa famille ne pouvait pas lui apporter, il s'était dit qu'il n'y serait pas si mal lui non plus. Le budget était conséquent et sa petite retraite de chauffagiste ne pouvait clairement pas lui permettre de se payer le luxe d'une chambre dans ce centre, aussi Romeo avait-il insisté pour respecter ce qu'il considérait comme une dernière volonté. Il lui devait bien ça. Bien sûr, cette tête de mule de Brigante senior – c'était le cas de le dire – avait refusé, mais son fils – tête de mule junior – ne lui avait pas laissé le choix.

À l'accueil, Romeo demanda si son père se trouvait dans sa chambre ou dans la salle de vie – nom étrange pour une salle dont les occupants étaient plus proches que quiconque du contraire. L'auxiliaire pointa du doigt le petit parc herbeux qui s'étendait derrière une grande baie vitrée à l'arrière du bâtiment et Romeo comprit dans son geste qu'il y verrait son père.

Brigante fils débarqua en pleine partie de belote intense, mais personne ne lui en tint rigueur. Romeo était très respecté parmi la plupart des habitants du centre. Son assiduité était exemplaire, à la limite de faire des jaloux, et sa gentillesse – toujours là pour porter un sac ou pour pousser un siège – était reconnue de tous.

— On était en train de gagner, grommela son père.

— Je vous laisse ma place, monsieur Romeo, dit une vieille dame qui faisait équipe avec Giuseppe.

— Allez, comme ça, on termine la partie et après

on va faire un tour dans le parc, ça te va, papa ?
demanda Romeo.

— C'est toi qui donnes, on est à 411 contre 430, ne
me déçois pas, *figlio.*

Romeo distribua les cartes par séries de trois en
commençant par le petit vieux aux culs de bouteille
sur sa gauche, puis un dernier tour en ne donnant
cette fois-ci que deux cartes en plus par personne. Il
posa le reste du paquet devant lui et en retourna la
première carte. Un 10 de carreau.

Culs de bouteille fit non de la tête et Giuseppe,
quant à lui, lança un « Je prends » enjoué. Romeo lui
donna le 10 de carreau puis termina de distribuer le
reste des cartes.

La manche ne dura que quelques minutes et bien
que les Brigante aient remporté la partie 533 à 470,
Romeo avait eu droit aux remontrances habituelles :
« Pourquoi tu lances pas atout, là ? » ; « Bon sang de
bonsoir, c'est toi qui avais le roi ?! ».

Le parc était agréable en cette journée estivale et la
vue sur Lyon pas déplaisante. Les vioques pouvaient
avoir le privilège de casser leur pipe avec un dernier
regard sur la presqu'île. Romeo se demandait
combien d'entre eux avaient cané dans ce même
parc. Les pâquerettes s'en souvenaient sûrement.

— Ça va, p'pa ?

— Ça va. J'ai toute ma tête donc ça va.

Un petit rictus se dessina sur le visage de Romeo. Son père disait toujours ça.

— Tout est au beau fixe avec la Mireille ?

— Toujours.

— Tu manges bien ? Y'avait quoi au menu ce midi ?

— Gratin.

Toujours la même rengaine : des réponses monosyllabiques en phase de préchauffage, puis lorsque le moteur diesel Brigante était lancé, le bavassage pouvait commencer.

Romeo et son père trouvèrent un petit banc à leur convenance et la conversation continua.

— T'as rien remarqué de bizarre ces derniers temps ?

— Comment ça ? demanda Giuseppe, curieux.

— Je sais pas, un nouveau gars dans le personnel avec une tronche de traviole ? Un goût bizarre dans ton café du matin ?

Le père Brigante eut un petit rire étouffé et continua :

— Qu'est-ce que tu racontes, *figlio* ?

— Je sais pas, dit-il, le regard au loin. Comme une intuition.

— Une intuition de quoi ?

Il y eut un court silence puis Romeo passa le bras autour des épaules de son père pour le serrer légèrement contre lui.

— Mais non, p'pa ! Je te fais marcher. C'est sûrement mes vieilles histoires de bandits qui me jouent des tours.

— Tu vas pas venir piquer dans la caisse, ici, hein ?

— Ah, ah ! Y'a pas un kopek dans ta turne, mon cher *padre* !

— Que tu dis ! Quand on fait le tournoi mensuel de belote, y'a pas mal de sous dans la cagnotte !

— T'inquiète pas, papa, je vous les laisse vos petits sous de la belote. Y'en a pas la moitié d'entre vous qui a une idée de ce que ça fait en francs !

— Tu te moques, mais y'a deux mois, Mireille et moi, on a gagné !

— Vous vous êtes au moins payé un voyage à Disneyland avec la cagnotte, j'espère ?

— Disney quoi ? dit Giuseppe en fronçant ses sourcils broussailleux.

— Rien, p'pa, rien.

— Ça va, toi, le bar ?

On passait enfin au tour des questions.

— Oui, ça va bien. Beaucoup de boulot.

— C'est mieux ça que...

Il ne finit pas sa phrase, fit une pause, les yeux dans le vide, puis reprit son interrogatoire.

— Toujours pas de petits-enfants à l'horizon ?

— Faudrait déjà que je trouve avec qui les faire, souffla Romeo.

— T'as du succès ici, tu sais. Je me fais pas de souci pour toi.

— Ah, ah ! Papa ! Elles sont pour toi ; je te les laisse, tes poules, répondit-il en souriant de nouveau.

— Moi, j'ai ma Mireille, tu sais.

— Je sais, papa, je sais. Je suis content. Elle est bien, ta Mireille.

— Et puis elle joue bien, tu sais.

— J'espère que tu vas pas me remplacer, quand même ?

— Toi, c'est le dimanche ; les autres jours, je joue avec Mireille. On gagne régulièrement, dit-il fièrement.

Lorsque la conversation tournait autour de Mireille et de la belote, c'était le signe que Giuseppe n'allait plus parler que de ça. Cela annonçait très souvent la fin de l'échange.

Romeo regarda sa montre et se leva. Il aida son père à faire de même et les deux Italiens marchèrent lentement vers le bâtiment du centre, le soleil dans le dos.

Laissant son paternel au milieu de la salle de vie, Romeo grimpa les escaliers au fond de la pièce et se dirigea vers sa chambre. Une fois entré, il inspecta un peu les lieux puis glissa quelques billets dans le tiroir de la table de chevet. « Pour la belote », dit-il tout bas.

Comme s'il cherchait quelque chose, Romeo descendit rejoindre son père en jetant des regards furtifs devant et derrière lui.

Il embrassa le *padre*, fit une bise à Mireille et prit congé de l'assemblée du troisième âge en repassant par l'accueil.

— Dites-moi, mademoiselle, vous avez eu de nouveaux employés récemment ?

La question parut la déstabiliser.

— Euh... Non... Je veux dire, c'est-à-dire ?

— Je sais que vous êtes beaucoup à travailler ici et je commence à tous vous reconnaître et du coup, je me demandais juste s'il y avait eu un nouvel arrivage.

— Un nouvel arrivage ? Je ne vois pas de quoi vous voulez parler.

Romeo, un peu agacé, se décida pour un petit mensonge.

— Écoutez, mon père s'est plaint d'un des auxiliaires, un jeune, je crois. Il n'a pas voulu m'en dire plus, mais je le connais, ça pourrait être plus grave qu'il n'y paraît. J'ai l'impression de tous vous connaître ou, en tout cas, de vous avoir tous plus ou moins déjà vus, pourtant je n'arrive pas à me figurer qui pourrait être ce jeune dont parle mon père.

— Je suis désolé, monsieur Brigante.

Son ton avait changé. Elle continua d'une voix plus douce :

— S'il y a le moindre problème avec votre père, il ne faut pas qu'il hésite à nous le dire !

— Pas de nouveau personnel, donc ? relança Romeo.

— Pas que je sache. En tout cas, je vais signaler cet incident et nous serons très vigilants à l'avenir, promit-elle.

— Très bien, je vous remercie.

Bredouille, Romeo fit claquer sa main sur le

comptoir d'accueil en signe d'adieu et prit la direction de la sortie.

Lorsqu'il entreprit une manœuvre pour quitter le parking, son regard fut accroché par une mince silhouette qui s'extirpait d'une voiture et se dirigeait vers l'entrée du personnel dans un coin reculé du grand bâtiment. Une sorte de grand escogriffe, lunettes de soleil vissées sur le nez et démarche trop assurée, reboutonnait une sorte de blouse de travail tout en avançant vers le centre. Un type qu'il n'avait encore jamais vu. Un type dont l'allure ne lui augurait rien de bon.

Il s'en occuperait plus tard, les clients du Shakespeare l'attendaient.

Pour un mercredi soir, l'affluence n'était pas si mal. Ça consommait et l'ambiance était à la détente, ce qui eut pour effet d'apaiser un peu Romeo. Il n'avait cessé de penser au gars qu'il avait vu entrer dans l'ét où séjournait son père Il ne pouvait s'empêcher de faire le rapprochement entre lui et ce que lui avait sorti Benacer. *Tu iras leur dire ça, aux Eaux Vives... Je te garantis qu'il sera prêt à faire n'importe quoi pour avoir sa dose.*

Ces deux phrases tournaient en boucle dans l'esprit tourmenté de Brigante. Si l'Arabe bluffait, les circonstances avaient fait la part belle à son mensonge ; s'il disait la vérité, il était plus que possible que le type en question soit un des camés se fournissant auprès de l'équipe de Benacer. Il n'y avait pas trente-six façons de le découvrir. Quand il en aurait le temps, Romeo irait enquêter sur place. Pour l'heure, il avait assez à faire avec les flics d'un côté et la bande de Mustapha de l'autre.

L'Italien venait de servir un demi de blonde à un client assidu que tous dans le quartier appelaient « le Poulpe » quand une jeune fille à la longue chevelure de jais fit irruption dans le bar. Elle portait un sac en bandoulière qui semblait plein à craquer. Elle se dirigea vers le zinc en faisant claquer ses bottines de cuir à chaque pas. On aurait dit une jeune manne-quin qui venait de se faire larguer et qui défilait en faisant la gueule et en tapant du pied.

Arrivée face au comptoir, elle lâcha son gros sac et sauta sur un des tabourets libres. Elle s'accouda au bar et regarda Romeo droit dans les yeux dans une moue qui ne l'avait pas quittée depuis son entrée fracassante.

— Vous êtes perdue, mademoiselle, lança Romeo d'un ton plutôt bienveillant.

— C'est toi qui es perdu, mon vieux, rétorqua la jeune fille.

Brigante fut piqué au vif. Il se raidit un instant puis décida qu'il trouvait ça plutôt amusant. Il n'allait pas falloir qu'elle continue trop longtemps sur ce ton, mais sur le moment, il aima la répartie de la petite.

Elle sortit une de ces horribles cigarettes électroniques et tira une longue bouffée sur l'engin. Un court instant après, un épais nuage de vapeurs aromatisées au caramel sortit de sa bouche.

— C'est interdit de fumer ici, mademoiselle, dit Romeo, durcissant le ton.

— C'est pas une clope, c'est une vapoteuse ! renchérit-elle d'un air supérieur.

— Premièrement, quand on est un vrai, on dit pas une clope, mais *un* clope, et puis cigarette ou pas cigarette à vapeur, c'est encore moi qui décide qui fait quoi dans cet établissement. Vous serez gentille d'aller souffler votre fumée ailleurs.

— Je suis pas un vrai, mais une vraie !

Elle rangea bruyamment sa cigarette électronique dans la poche de sa veste et reprit sa position favorite : coude sur le zinc, tête posée nonchalamment sur sa main.

Romeo se détourna quelques secondes de sa cliente même pas majeure pour servir deux boissons anisées puis revint à la charge.

— Dis donc, t'as quel âge ? J'ai pas le droit de laisser entrer des jeunes comme toi non accompagnées. Elle est où, ta maman ; il est où, ton papa ? dit-il d'une voix condescendante.

— Ma mère est en vacances à l'étranger et mon père, il est juste là, devant moi.

Romeo dut faire une pause de quelques secondes avant de comprendre qu'elle parlait de lui. Qu'est-ce qu'elle racontait, la gazelle ? Avec son maquillage un peu forcé, elle paraissait 16 ans, mais au fond, Romeo sentait bien qu'elle ne devait en avoir que 12 ou 13 à tout casser. Il avait fait quatorze piges de taule ; il n'était pas prof de maths, mais pas besoin d'un génie pour comprendre que ça ne pouvait pas coller. Romeo secoua la tête. Et depuis quand il se laissait déstabiliser par une gamine au sujet de sa paternité ? *Tu perds la main, Brigante, tu perds la main.*

La petite effrontée fouilla dans la poche avant de son sac et en sortit une vieille photo qu'elle fit claquer sur le comptoir. Sur le cliché, Romeo, une bouteille de champagne à la main, semblait euphorique. À sa gauche, une belle brune aux yeux azur était en train de lui coller un doux baiser sur la joue. Un frisson parcourut tout le corps de l'Italien. Il n'avait jamais oublié Lacey. Lacey Grubb, sa belle Américaine.

4

——————

Face au parc Blandan, dans le 8ᵉ arrondissement de Lyon, le bâtiment de la direction interrégionale de la police judiciaire – DIPJ pour les intimes – se dressait comme une épine dans le pied de la rue Marius Berliet.

C'était dans une petite salle de réunion reconvertie en véritable centre de surveillance que la commandante Van Deren avait donné rendez-vous à son lieutenant et à son capitaine à 8 h tapantes.

Au milieu des écrans de contrôle et de l'appareillage électronique, les trois policiers sirotaient leur café brûlant en attendant que le brigadier présent termine de faire tous les branchements.

— Ropert, vous me faites un topo de votre visite chez Brigante ? J'ai pas eu le temps de lire votre rapport, lança Van Deren.

— Rien de bien folichon, il nous a laissés placer

les caméras sans broncher, répondit le capitaine Frédéric Ropert.

— Il est coopératif, c'est déjà ça, enchérit la commandante.

Elle se tourna vers le jeune flic qui s'affairait sous un des bureaux pour câbler chaque écran à son unité centrale respective.

— Ça vient, brigadier ?

— Oui, commandante, encore quelques minutes, dit-il en sortant la tête de sous le plateau du bureau.

Van Deren posa son café et se dirigea vers le tableau blanc accroché sur le mur.

— Bon, puisque le lieutenant Chopin remplace Moreau qui est en arrêt, je vais reprendre les bases de l'opération.

Elle se saisit d'un feutre de couleur bleue et illustra ses propos sur le tableau.

— On a donc notre ami Mustapha Benacer et sa bande, dit-elle, blasée. On pense – on est quasiment sûrs – que ces zozos-là sont responsables de plusieurs braquages à main armée depuis décembre dernier. D'après nos indics, ils se prépareraient depuis plusieurs semaines à faire un gros coup. Là-dessus, on a réussi à obtenir les effectifs pour filer Benacer et ses sbires – au moins deux, c'est déjà pas mal – et ils nous ont tout droit amenés à Brigante.

Elle fit une pause pour s'adresser directement au lieutenant Aymeric Chopin.

— Chopin, ça vous parle, Brigante ? Bon, c'était dans la fin des années quatre-vingt-dix, début deux mille, vous étiez pas né, ironisa-t-elle, provoquant un léger sourire sur le visage du capitaine Ropert.

— Je faisais mes classes en Bretagne, commandante, le nom me dit quelque chose, mais j'avoue que j'ai pas le dossier en tête, répondit Chopin posément.

— Vous inquiétez pas, je vais vous rafraîchir la mémoire.

Elle prit une grande inspiration et reboucha le feutre comme si énumérer les frasques du malfrat allait leur prendre la journée.

— Bon, déjà, *Brigante*. Ça s'invente pas ! Notre gugusse fait partie de ce qu'on appelle la vieille école. Du braquage à la loyale, entre guillemets, rien à voir avec les fous furieux de maintenant qui tirent au bazooka sur les fourgons de la Brink's et qui trois minutes après se reconvertissent dans le terrorisme. Brigante, c'était un genre de Mesrine, en moins médiatique évidemment. Ses complices et lui avaient un système assez complexe de réunions secrètes pour préparer leurs coups. Ça a donné du fil à retordre aux enquêteurs pendant des années puisque les bandits eux-mêmes ne savaient pas vraiment qui était qui. Ils se pointaient cagoulés à leurs réunions et leurs braquages. Bref, on va pas les applaudir non plus, mais toujours est-il qu'il n'a jamais été possible de mettre la main sur Romeo Brigante et ses acolytes pendant des années jusqu'au casse de trois casinos du sud de la France en 2001.

— C'est quand il y a eu le passage à l'euro ? Je

crois que ça me dit quelque chose maintenant, intervint Chopin.

— Voilà ! Ces petits malins avaient prévu qu'à partir du 1er janvier 2002, les casinos allaient devoir payer leurs clients en euros et pour ça, ils avaient fait quelques provisions. Quelques jours après Noël, Brigante et sa bande se sont attaqués à trois des plus gros casinos du sud : celui de Cassis, celui d'Aix-en-Provence et celui de Cannes. Les trois ont été tapés en même temps, une opération de grosse envergure. Plus de cinq millions d'euros ont été dérobés et seulement trois millions cinq ont été saisis.

La commandante but une gorgée de café et, après une grimace bien connue des flics de la DIPJ au sujet de leur arabica, continua son discours :

— Brigante a fait quatorze ans de réclusion, mais n'a jamais parlé.

— Il a rien dit ? demanda le lieutenant.

— Une vraie tombe. Il n'a pas balancé ses complices ni avoué où était l'argent manquant. Du coup, même s'il s'est tenu à carreau pendant tant d'années sans flancher, on estime que c'est impossible qu'il se soit rangé des voitures. Ça lui ressemble pas, et puis quand nos filatures nous ont conduits dans son bar, on s'est dit qu'il y avait anguille sous roche. On pense que Benacer prépare du lourd et qu'il a besoin de l'aide de Brigante.

— Benacer va mordre à l'hameçon, à votre avis ? Brigante a dû le rencarder sur les caméras, vous ne croyez pas, commandante ? interrogea Ropert.

— Je vais vous dire un truc, capitaine : j'ai bien étudié le dossier Brigante et même si j'ai de sérieux doutes sur le fait qu'il ait quitté le milieu du banditisme, je sais qu'il risque trop gros cette fois-ci. Il est encore en conditionnelle et il n'ignore pas qu'il peut repartir en prison aussi vite qu'il en est sorti. D'après nos infos, il a placé son père dans une maison de retraite du 5e arrondissement et va lui rendre visite au minimum une fois par semaine. C'est sa seule famille, il ne la trahira pas. On n'a pas le numéro de Benacer, mais Brigante a quant à lui été placé sur écoute. En dehors de deux ou trois fournisseurs, il n'a contacté personne. Si Benacer revient lui rendre visite, il n'aura pas pu le prévenir de quoi que ce soit.

— Il a peut-être un autre téléphone, tenta le lieutenant Chopin.

— Peut-être. On verra bien. Si Benacer ne se pointe plus jamais au Shakespeare, on saura que c'est louche et on avisera. Pour l'instant, je veux m'assurer que tout marche. Brigadier, on va pouvoir travailler là-dessus avant demain ?

Le jeune homme se releva, se frotta les mains et afficha un grand sourire.

— C'est prêt, commandante, dit-il en allumant simultanément les quatre ordinateurs.

Van Deren, Chopin et Ropert le fixaient, attendant qu'il développe. Après quelques courtes vérifications, le brigadier commença son exposé :

— Alors, on a quatre caméras qui scrutent tous les endroits possibles du bar. Que dire de plus à part que vous pouvez zoomer à l'aide de l'outil loupe, mais ça a ses limites, l'image devient très vite pixelisée. Dernière chose : tous les enregistrements précédents sont stockés dans des dossiers autocréés avec pour titre, la date. Rien de plus simple.

— Merci, brigadier, dit Van Deren en se postant devant les quatre moniteurs. Y'a plus qu'à, comme on dit.

Chopin se massa la tempe droite du bout de l'index. Il faisait ça quand il réfléchissait.

— On a l'image, mais pas le son, c'est ça ?

Ne sachant pas à qui la question avait été adressée, c'est la commandante qui répondit :

— Le son dans un bar, c'est compliqué, dit-elle.

Elle se tourna vers le brigadier en quête de soutien.

— C'est bien ça, hein ?

Le jeune acquiesça et ajouta :

— Oui, dès qu'il y a plus de deux ou trois personnes qui parlent, avec du bruit de fond en prime, c'est presque impossible d'en extraire des choses intéressantes.

— Et puis, c'est une mission de surveillance, trancha Van Deren, on n'en est pas au stade de tirer des aveux à toute la bande à son insu.

Elle avait eu l'air de vouloir expédier la conversation, mais Chopin revint à la charge.

— Commandante ? demanda-t-il comme un élève devant sa prof.

Il n'avait pas levé la main, mais le cœur y était.

— Oui, lieutenant, souffla-t-elle

— Vous disiez que Brigante et ses complices de l'époque étaient très prudents ; du coup, je me demande comment il est tombé.

— Le facteur humain, mon cher Chopin, toujours ce satané facteur humain, imprévisible et malléable. Il a été balancé, tout simplement.

Si on devait se croire papa chaque fois qu'une gamine vous remue sous le nez une photo d'une ex, on s'en sortirait plus. Bon, c'était pas non plus comme si on vous remuait des photos d'ex sous le nez tous les quatre matins, mais c'était pas une raison pour se laisser berner. Si c'était du flanc, la gamine était quand même tombée sur la femme qui avait su faire chavirer le cœur de Romeo à tout jamais. *The* ex ! Les aléas de la vie avaient fait qu'ils avaient dû se séparer après une courte idylle. Et par aléas de la vie, il fallait comprendre : la prison.

Romeo avait rencontré cette belle Américaine, Lacey de son prénom, juste après ce que les médias avaient appelé *le casse du siècle*. Trois casinos en une seule journée et des millions d'euros à la clef pour la bande des Allemandes. Brigante était remonté dans la banlieue de Lyon pour se mettre au vert comme il le faisait après chaque opération – et par opération, il fallait entendre braquage –, mais les fêtes de fin d'année l'avaient fait sortir de sa tanière.

Pour le réveillon, il s'était payé le luxe d'une soirée VIP au ticket d'entrée exorbitant. Il savait ce soir-là qu'il ne serait emmerdé par personne, et encore moins par la justice. Il allait faire la fête avec tous les notables de Lyon et de la région. Le gratin du gratin : que des ministres, des députés, des maires, des chefs d'entreprises cotées au CAC 40, bref, que des bandits encore plus fourbes et plus vénaux que le pire des braqueurs. Ces types-là étaient des malfrats de haut vol. Quand Romeo mettait trois mois à préparer un casse, eux viraient trois mille employés d'une usine et en dix minutes, leurs stock-options leur rapportaient des millions. Les élus se faisaient graisser la patte par des promoteurs immobiliers et ceux qui siégeaient au conseil d'administration des plus grosses entreprises votaient entre eux des parachutes dorés à sept chiffres alors que les ouvriers qui fabriquaient leurs produits pointaient au chômage.

Alors oui, Romeo s'était senti en sécurité en cette soirée du 31 décembre et c'était là qu'il avait rencontré Lacey. Le monde s'était arrêté de tourner quand il avait croisé son regard pour la première fois et maintenant qu'il y pensait, c'était vrai que la petite avait les mêmes yeux...

Romeo secoua la tête et se lança :

— Comment s'appelle ta daronne ?

— OK, je vois le genre. Tu me testes ? répondit la jeune fille. Tu me demandes même pas mon nom ?

L'impatience et la gêne de l'Italien avaient été remarquées. Il feignit un sourire et continua :

— Comment te prénommes-tu, mon enfant ? ironisa-t-il.

— Éléonore, mais tout le monde m'appelle Léo.

— D'accord, Léo. Ta mère, c'est quoi son joli nom ?

— Lacey.

Un éclair dans le cœur.

— Lacey Grubb, si tu veux tout savoir. C'est bon, t'as ta preuve ?

Pas si vite, ma jolie.

— Qui me dit que t'es pas des flics et que tu cherches pas à m'embrouiller ? dit-il en plaisantant pour exorciser l'appréhension qui s'emparait de lui.

— Très drôle ! Tout ce que je vais te dire, tu le sais déjà, mais c'est uniquement parce que je vois bien que tu me crois pas. J'avais espéré que tu te jetterais dans mes bras en pleurant, mais apparemment t'as la mémoire très courte, alors je vais te la rafraîchir.

Son franc-parler et son aplomb étaient impressionnants.

— Ma mère est ricaine, continua-t-elle, elle est née dans le Kentucky, son père était un type qui trempait dans le pétrole et sa mère, ma grand-mère, est toujours vivante et elle vient de Dijon – enfin, un bled à côté, mais on s'en fout.

OK, la môme avait de solides infos.

Comme Romeo ne réagissait pas, Léo poursuivit :

— Tu veux quoi ? Que je te dise qu'elle a un grain de beauté sur la fesse gauche ? Elle n'en a pas, mais ça aussi, tu le sais très bien. Elle et toi, vous vous êtes rencontrés le soir du réveillon du jour de l'an. Le 31 décembre 2001. Vous êtes restés ensemble deux mois, et début mars, il y a eu ton procès. Fais le calcul si tu veux. Je suis née le 8 octobre 2002.

Tout collait parfaitement. Lorsque Romeo avait été interpellé pour le casse des casinos de Cannes, Cassis et Aix-en-Provence, leur relation s'était arrêtée net. Lacey était sous le choc et n'avait pas supporté de découvrir la vérité sur lui. Elle avait dû tomber enceinte à peu près à ce moment-là. Éléonore était née alors qu'il était en prison et le reste n'était qu'histoire.

— Ta mère va venir ? lança Romeo au sortir de son mutisme.

— Non, elle est aux États-Unis.

— Qu'est-ce que tu fous ici, alors ? Pourquoi t'es pas avec elle ?

— Elle est allée régler des histoires d'héritage. Moi, je suis censée être en camp d'été.

— Censée ?

— C'est nul. On s'ennuie et les garçons sont un peu cons.

Romeo sentait les problèmes lui arriver dans la tronche de plein fouet, mais au ralenti.

— T'as fait le mur ?

— C'est quoi, cette vieille expression ?

— Tu as...

— Je sais ce que ça veut dire, le coupa-t-elle. Oui, j'ai fait le mur.

— Donne-moi le numéro de ta mère, ou du centre où tu es censée passer les vacances, ou...

Romeo était perdu. Déstabilisé par une enfant de 15 ans qui avait les yeux de la femme de sa vie.

— Stresse pas. J'ai envoyé une fausse lettre comme quoi j'avais eu un gros problème familial et que je devais partir sur-le-champ.

— Ils t'ont laissée partir comme ça ? Toute seule ?

— Bien sûr que non ! Dans une rue pas loin de là où on créchait, il y avait un type qui faisait la manche. Il était toujours très propre sur lui, à tel point qu'on se demandait parfois pourquoi il mendiait. Je lui ai proposé un marché : il jouait le rôle de mon oncle et moi je lui offrais de quoi boire, manger et voir venir pour la semaine.

Tel père telle fille. Ce don de biaiser la vérité était sûrement génétique finalement.

— D'ailleurs, poursuivit Léo, il attend dehors. Je lui ai promis un bon repas et quelques billets.

Romeo venait de comprendre le message. Il souffla, adressa un regard agacé à sa nouvelle progéniture et sortit dans la rue. Là, un homme à l'air penaud attendait sagement que les promesses d'une petite garce s'exaucent.

L'Italien lui fit signe d'entrer, il l'installa à une table au fond d'une des deux salles et lui demanda s'il désirait boire quelque chose. Un chocolat chaud. Ben voyons.

— C'est gentil, lui dit Léo alors que Romeo s'activait derrière le comptoir.

— Je vais appeler mon pote, le resto oriental au coin de la rue, et il va lui garder une part de couscous. Il aura gagné sa journée, le pépère.

— Et nous, on fait quoi ?

— Nous ? s'indigna Romeo. Toi, je te ramène au centre et moi, je rentre me coucher après la fermeture du bar.

Son ton avait été plus dur qu'il ne l'avait pensé, mais après tout, il n'allait pas commencer à jouer les baby-sitters. D'abord ce Mustapha, ensuite cette commandante Van Deren. Il venait juste d'apprendre qu'il était papa et qu'il avait loupé quinze ans de la vie d'une parfaite inconnue qui avait fait irruption dans son existence, c'était quoi la suite ? On allait lui foutre un crime de guerre sur le dos ? *Désolé les gars, la Yougoslavie, j'y suis pour rien, promis.*

Romeo jeta un coup d'œil vers la grosse horloge qui trônait au-dessus d'une étagère de spiritueux et annonça :

— Je ferme dans une heure, il est où ton centre de vacances ?

— Je retourne pas là-bas.

— C'est pas toi qui décides, ma cocotte. Quand tu seras majeure, tu feras ce que tu voudras ; pour l'instant, c'est moi qui dicte les ordres !

— C'est exactement ce que me dit tout le temps ma mère.

Sa mère. Lacey. Son Américaine. À chaque évocation de son amour de l'époque, un long frisson lui parcourait l'échine. Il aurait donné cher pour voir comment elle avait encaissé les quinze années qui les séparaient de leur rencontre. Lui avait perdu quelques cheveux dans la bataille et s'était fait la boule à zed, mais il se trouvait plutôt bien conservé pour un type qui avait fait autant d'années au placard. Faut dire que les deux cents pompes et abdos journaliers qu'il se tapait sans jamais manquer une séance avaient bien aidé. Un homme qui s'ennuie n'a pas beaucoup d'options en taule : faire du sport ou fumer des clopes. Y'en avait bien une troisième, mais, comme à la boxe, il fallait rester au-dessus de la ceinture.

— Si je sais pas où te ramener ce soir, je peux aussi très bien te déposer au commissariat, dit Brigante.

— Tiens, t'es pote avec les flics, maintenant ?

La petite garce était au courant de tout.

— Écoute, jusque-là, j'estime que j'ai été sympa. T'as ramené ton pote clodo, je lui file de quoi béqueter et boire, et je t'ai fait la conversation toute la soirée. Maintenant, je commence à être crevé, j'ai juste envie de fermer mon bar et de rentrer chez moi, alors sois sympa, laisse-moi te raccompagner à l'endroit où tu dois être avant que j'aie des emmerdes par ta faute.

— Tu viens d'apprendre que t'as une fille de 15 ans et tout ce que tu trouves à dire c'est : « Je te ramène » ?

— Premièrement, rien ne prouve que t'aies un quelconque rapport avec moi. Ta mère oui, soit, mais en ce qui te concerne, je peux pas te croire sur parole.

— Fais comme tu veux, mais moi, je reste avec toi. Tu vas quand même pas me foutre à la rue ? avait-elle dit en haussant le ton.

— Je te mets pas à la rue, je te ramène d'où tu viens, nuance !

Éléonore tendit le bras par-dessus le zinc et agrippa une des mains de Romeo.

— Qu'est-ce que vous faites, monsieur ? lança-t-elle d'une voix alarmée. Pourquoi vous me touchez ?

Interloqués, quelques clients regardaient déjà dans leur direction. Romeo n'en croyait pas ses yeux. Cette petite nana n'allait tout de même pas jouer à ce jeu-là ? Elle avait quitté son air nonchalant pour endosser le masque de la petite fille fragile et persécutée.

Au fond de la salle, deux molosses vêtus de bombers commençaient à s'intéresser un peu trop à la scène au goût de Romeo. Il n'avait pas pu vérifier la couleur de leurs lacets[1], mais il y avait fort à parier que quel que soit leur bord politique, les deux tondus n'allaient pas laisser un barman tirant sur la cinquantaine faire des avances à une jolie petite adolescente encore mineure.

Voyant qu'elle était déterminée et qu'elle irait manifestement au bout de son numéro de chantage, Romeo céda.

— Arrête, arrête, souffla-t-il entre ses dents serrées.

Léo retira sa main.

— OK, t'as gagné. Tu peux rester, poursuivit-il en chuchotant. Tiens-toi à carreau et tu pourras passer la nuit chez moi. Je te demande qu'une chose : demain, on appelle ta mère.

Un grand sourire barrait le visage de la jeune fille.

OK, avait-elle dit, rayonnante, mais elle pensait : *on verra bien.*

La nuit avait été courte pour Romeo. D'autant plus courte qu'il avait dormi sur son vieux canapé, dans le salon. Il avait fait des cauchemars à base de flics, de prison, d'ex et d'enfants cachés. L'histoire de Léo le turlupinait. D'une, il ne savait pas vraiment si c'était du pipeau ou pas, et de deux, il ne savait pas s'il devait se réjouir ou pleurer. Avec le train de vie qu'il menait à l'époque, les enfants avaient toujours provoqué chez Romeo un sentiment de rejet. Pour lui, c'était comme faire un voyage au soleil en se coltinant des valises trop lourdes, toute la journée. Toute la nuit. Mais avec l'âge et ses cheveux qui quittaient le navire, les choses avaient changé. Il espérait secrètement trouver une petite nana qui l'aimerait pour ce qu'il était, qui ne serait pas trop regardante sur son passé peu recommandable et qui l'accompagnerait dans les années qu'il avait encore à tirer dans la prison la plus difficile qui existe, celle de la vie. Une gonzesse qui pourrait l'aider au bar, pourquoi pas, et qui pourrait lui apporter le pire et le plus beau des cadeaux en même temps : un môme.

Le pire parce qu'on signe pour la vie, que le chiard porte son nom et qu'on va se le coltiner comme un fardeau ou comme un héritage tout au long de sa propre vie, lui aussi perpétuant éventuellement la dynastie. Il n'y avait pas plus grande responsabilité. C'était comme se jeter d'un avion en feu en prenant le premier sac à dos qui nous tombait sous la main en priant pour que ce soit un parachute. Quand on avait un gosse, on avait rendez-vous avec l'histoire et on devait rendre des comptes à la nature elle-même, la plus intransigeante des juges d'application des peines.

Le dos en vrac et la tête encore dans la brume, Romeo actionna sa machine à expresso dans un geste automatique, appris par cœur matinée après matinée.

Quand il fut prêt, il se décida enfin à frapper à la porte de sa chambre, là où Éléonore dormait sûrement encore. Il hésita puis porta trois petits coups sur le panneau de bois. En l'absence de réponse, il recommença, mais sans succès.

Il entrouvrit la porte et vit sa fille – sa potentielle fille – qui dormait à poings fermés, ses cheveux éparpillés sur la moitié du visage. On aurait dit un ange. Un ange chiant, mais un ange tout de même. Au vu de l'heure extrêmement matinale, il décida de la laisser dormir et ferma la porte.

Avant de partir pour le Shakespeare, il laissa à Léo un mot manuscrit en évidence sur la table de la cuisine : « Claque la porte quand tu pars et rejoins-moi au bar ». Il avait hésité à ponctuer son message avec un « Bisou », mais il s'était figuré qu'ils n'en étaient pas encore à ce stade dans leur relation. Il se demandait d'ailleurs s'ils le seraient jamais.

L'horloge affichait 11 h 18. Une journée comme les autres, la routine. *Oh, rien de spécial, j'ai une fille de 15 ans, les flics veulent me remettre en taule et des braqueurs me font du chantage*, pensa Romeo. Il se surprit à s'inquiéter pour Léo. Au milieu du tas d'emmerdes qui s'amoncelait devant lui, il se faisait du mouron pour sa fille. C'était peut-être ça au final, être daron : s'inquiéter pour ses enfants jusqu'à ce que ça vous file un cancer et que vous creviez. Merci, la vie, belle perspective.

La vie, il n'avait pas vraiment l'intention de la remercier quand il aperçut Mustapha Benacer faisant irruption dans son bar. Il semblait s'être déplacé seul. L'escadron d'emmerdes était cette fois-ci réduit à sa simple tête de ligne.

Les caméras se rappelant à lui, Romeo fit mine de ne pas trop prêter attention au malfrat qui s'approchait du comptoir. Celui-ci empoigna un tabouret haut et posa les deux coudes sur le zinc en s'asseyant.

Romeo fit quelques pas vers Benacer nonchalamment.

— Qu'est-ce que je vous sers ?

OK, le vouvoiement avait été de trop, simple déformation professionnelle.

— Mets-moi un demi, s'il te plaît.

Lui ne s'était même pas donné la peine, il avait sauté dedans à pieds joints. La situation tournait au ridicule. Il ne manquait plus qu'une femme bruyante entre en claquant la porte en criant : « Ciel ! Mon mari ! », et ils auraient à eux tous constitué le plus mauvais vaudeville de la décennie.

Romeo empoigna un verre à bière et y versa vingt-cinq centilitres de liquide ambré. Il se saisit d'un sous-bock, le fit claquer sur le zinc et posa délicatement le demi dessus.

Ce coup-là, il l'avait préparé depuis la veille. Le sous-bock en question ne venait pas de la pile habituelle à l'effigie de la marque de bière servie au Shakespeare, il n'était pas comme les autres. Celui-là portait la douce écriture manuscrite de l'Italien. Sa prose était très courte, mais explicite : « N'oublie pas les caméras et casse-toi rapidos ».

Au départ, il avait pensé opter pour un « N'éveille

pas les soupçons en faisant des gestes suspects »,
mais un « Casse-toi rapidos » était plus de circonstance et collait plus à sa personnalité.

Alors qu'il avait soulevé sa bière pour la boire,
Benacer avait pu lire furtivement les quelques mots.
S'il avait eu une quelconque réaction à la lecture de
l'information contenue sur le sous-bock, Brigante ne
l'avait pas vue et il y avait fort à parier que cela avait
également échappé aux caméras.

Pendant la demi-heure qui avait suivi, Romeo
avait évité sciemment la zone « Benacer » et s'était
concentré sur les clients du bout du comptoir. Quant
à l'importun, il n'avait eu de cesse de triturer son
téléphone portable.

Benacer brisa le relatif répit dans lequel Romeo
se trouvait en lui faisant un signe de la main :

— Hé ! Combien je te dois ?

La seconde partie du plan de Brigante allait
pouvoir être mise à exécution. Romeo indiqua le prix
à Mustapha qui fouillait déjà dans sa poche. Il en
sortit un billet de dix euros qu'il tendit au taulier.
L'Italien fouina alors dans sa caisse pour lui rendre
la monnaie. Il avait préparé spécialement pour cette
occasion un talbin de cinq euros bien particulier. Oh,
pas un faux billet, non, juste un sur lequel il avait
scotché un nouveau message à l'attention de
Benacer.

Celui-ci empocha le tout et se dirigea vers la
sortie, frôlant de sa veste Léo qui venait de faire son
apparition au Shakespeare pour la plus grande joie

de Romeo. Père et fille se toisèrent tandis que Mustapha s'engageait déjà dans la rue, marchant vers une destination inconnue.

Il attendit d'être à l'abri des regards, dans sa voiture, pour sortir le billet de cinq euros que lui avait rendu Brigante. Il put y lire les quelques mots suivants : « J'ai un plan, attends mon appel ».

5

— Commandante ! cria le lieutenant Chopin. On a déjà quelque chose !

Assise à son bureau, Sofia Van Deren écourta une conversation téléphonique et se précipita dans la petite salle de vidéosurveillance au bout du couloir. Un brigadier de service et Aymeric Chopin l'y accueillirent.

— Vous avez du nouveau ? demanda-t-elle, impatiente.

— On m'a appelé pour que je vienne confirmer un passage filmé à l'instant. On y voit Benacer.

— Montrez-moi ça ! dit Van Deren en attrapant une chaise.

Le brigadier rembobina jusqu'au moment où le bandit entrait dans le bar. Il déplaça le curseur de la souris sur le bouton play et cliqua.

Les yeux de la commandante étaient rivés sur l'écran.

La scène dura quelques minutes. Quelques minutes frustrantes.

— Putain ! tonna-t-elle. Les mecs ne se sont même pas adressé la parole ! J'y crois pas !

— Vous pensez que Brigante a prévenu Benacer ?

— Je ne crois pas. Sinon, Benacer ne serait pas venu au bar, sachant qu'il y avait nos caméras.

— Il veut peut-être donner le change, tenta Chopin.

Van Deren secoua la tête à plusieurs reprises comme pour faire le tri dans ses pensées.

— Non. Il y a autre chose. On a mis le bar et le portable de Brigante sur écoute : y'a rien de ce côté, j'ai déjà vu avec l'équipe qui est chargée de ça.

— Il a peut-être un autre moyen de communiquer avec lui.

— Peut-être. Mais dans ce cas, pourquoi se pointer là, ce matin ? Quel est l'intérêt ? Brigante sert une variété de bière qui n'existe nulle part ailleurs dans l'agglomération lyonnaise ? Non, ça colle pas.

La commandante se leva sans un mot et se dirigea vers la porte.

— Continuez la surveillance et prévenez-moi quand les deux zozos se retrouvent ensemble, même si c'est pour une manucure, dit-elle enfin avant de regagner son bureau. Moi, je vais rendre une petite visite de courtoisie au rital.

～

— Qu'est-ce que t'as fait de ton sac ? lança Romeo à Éléonore de but en blanc.

— Bonjour, d'abord ! répondit-elle en fronçant les sourcils.

— Oui, bonjour. Ton sac, il est où ? dit-il sèchement.

— Je suis sortie, j'ai claqué la porte comme tu me l'avais écrit dans ton mot et je me suis rendu compte que toutes mes affaires étaient à l'intérieur.

— Bon... dit Romeo, peu convaincu.

— Pas trop mal dormi sur le canapé ?

— Et toi ?

— J'avais pas fait une nuit aussi longue depuis une éternité ! Je me sens en pleine forme !

Elle esquissa un large sourire qui ne manqua pas d'attendrir l'Italien.

— Tu as déjeuné ? Y'a pas grand-chose chez moi.

— T'inquiète, j'ai grignoté des trucs qui traînaient dans tes placards.

Elle attendit que Romeo la regarde dans les yeux de nouveau et continua :

— Tu vis seul ?

La question avait failli faire sursauter Brigante. Il ne savait pas très bien comment parler de sa vie privée à une gamine de 15 ans, même si elle était censée être sa fille.

— Je... Euh... Oui, balbutia-t-il.

Elle eut un petit rire.

— Ça, ça veut dire que t'as des nanas qui

viennent chez toi, mais qui ne restent pas, c'est ça, non ?

Romeo n'en croyait pas ses oreilles : il était à deux doigts de parler de sa sexualité avec le fruit de ses entrailles. Il avait trente piges de plus qu'elle et il était sur le point de se confier d'égal à égal. *Tu perds décidément la main, Brigante.*

— Quand je ferai une pause, on va appeler ta mère et le centre d'où tu t'es enfuie, dit-il pour couper court à ce dialogue improbable et reprendre l'ascendant sur la conversation.

— Tu veux déjà te débarrasser de moi ? Tu découvres que t'as une fille que tu n'as pas vue une seule fois en quinze ans et tout ce que tu trouves à faire, c'est la renvoyer d'où elle vient ?

— Premièrement, c'est toi qui affirmes que tu es ma fille. En ce qui me concerne, je n'ai aucune preuve.

Au moment où la phrase était sortie, Romeo avait senti qu'il n'y croyait pas vraiment. Pour ne rien gâcher à cette situation gênante, l'expression qu'avait affichée Léo sur son visage après ce qu'il venait de dire lui avait brisé le cœur. Elle avait beau faire la forte et être équipée d'une carapace aussi dure que l'acier, elle n'en était pas moins touchée dans son âme de fillette de 15 ans en recherche d'identité. Lui aussi, il savait ce que c'était de vivre avec un parent seul et il ne voulait pour rien au monde blesser la jolie Léo. Romeo comprit qu'elle croyait dur comme fer à cette histoire de paternité et qu'il ne servirait à rien de tenter de la contredire.

Brigante scruta longuement Léo puis posa une main bienveillante sur son épaule.

— Tu veux faire une partie de flipper ? C'est la maison qui offre.

Ses yeux s'illuminèrent de joie et elle lui adressa un sourire qui allait faire tourner plus d'une tête parmi les jeunes de son âge.

L'Italien fit claquer une pièce de deux euros sur le comptoir et la fit glisser vers elle :

— Reviens quand t'as plus de crédit, mais essaye de faire durer cette pièce le plus longtemps possible.

— OK, patron ! dit-elle, enjouée.

— Et si tu vois les trois lettres R-O-M dans le tableau des meilleurs scores aux trois premières places, n'y fais pas attention, c'est juste moi.

Il lui adressa un clin d'œil alors qu'elle partait en direction des flippers.

Un client interrompit le flot de ses pensées avec une commande – heureusement que ce n'était pas un chocolat chaud – puis Romeo lança à l'attention de Léo :

— Tu me prêterais ton portable ?

Elle se retourna d'un coup, laissant sa première bille tomber dans un abîme de circuits électroniques. Un orage semblait être passé sur son air joyeux.

— C'était pour ça, le flipper, alors ? Tu veux juste me faire patienter gentiment pendant que t'appelles ma mère ? dit-elle, dépitée.

— C'est pas ce que tu crois, j'ai vraiment besoin de ton téléphone.

Il a l'air sincère, se dit Léo.

— Pourquoi tu le veux ?

— J'ai besoin de passer un coup de fil à quelqu'un sans qu'il sache que c'est moi.

— Appelle en masqué.

— Si je fais ça, la personne ne décrochera jamais.

— Qu'est-ce que tu me racontes, Brigante ? Tu vas prendre mon portable et appeler ma mère, j'en suis sûre !

Cette petite avait de l'aplomb ! Ça aurait pu faire foi comme test de paternité après tout.

— Je te promets que non. On va devoir appeler ta mère à un moment ou à un autre, mais je te jure que je ne le ferai pas dans ton dos.

Sa requête était étrange, mais Léo était prête à croire Romeo.

Elle s'éloigna du flipper en direction du comptoir et fouilla dans sa poche pour en ressortir un smartphone doré.

Romeo se rappela soudain les caméras et ne voulut pas paraître trop proche de la jeune fille sur les images, aussi lui tourna-t-il le dos pour lui adresser de nouveau la parole :

— Déverrouille simplement ton portable et pose-le sur le comptoir.

— T'es chelou ! Pourquoi tu me tournes le dos ? C'est quoi encore, cette arnaque ? riposta-t-elle.

— S'il te plaît, ne discute pas !

— Alors là, hors de...

— Je suis surveillé, trancha-t-il. Les flics ont posé des caméras dans le bar et je ne veux pas qu'on te voie me donner le téléphone.

Léo, partagée entre l'excitation de se retrouver au beau milieu d'une affaire criminelle et la crainte que ce ne soit là qu'une entourloupe pour la faire rappliquer illico presto au centre de vacances, fit la moue puis se résigna.

— Je te préviens, ma vengeance sera terrible si tu me trahis !

Lorsque Brigante entendit le son de la coque du téléphone qui glissait sur le zinc, il entreprit de se retourner lentement, mais la petite relança.

— Pas si vite ! On fait un marché.

— Je t'écoute, répondit Romeo en fermant les yeux.

— Je te prête mon portable à la condition que je reste toute la journée avec toi, que tu n'essayes pas de me renvoyer au centre et que tu ne tentes pas d'appeler ma mère.

— Ça fait beaucoup de conditions !

— Considère ça comme une condition trois-en-un.

Brigante évalua ses exigences. Toutes semblaient plutôt le réjouir. Il passerait une journée de plus avec une fille qui pourrait être la sienne et dont la répartie la rendait somme toute sympathique, et il devrait promettre de renvoyer les problèmes à régler à plus tard. Deal.

— Marché conclu, dit-il, toujours dos à elle.

Éléonore abandonna son précieux téléphone à Romeo non sans une pointe d'appréhension puis retourna à sa partie. Son objectif de la journée serait de détrôner le tenancier du Shakespeare à son propre jeu.

Romeo fit un tour d'horizon du regard et jugea qu'il pouvait s'absenter de derrière son zinc quelques minutes. D'un geste furtif, il empoigna le portable et se dirigea vers la sortie. Ce n'est qu'une fois dans la rue qu'il commença à composer le numéro. Au son des premières tonalités, il s'assit sur un plot en béton et patienta, le bigophone collé à l'oreille.

Le premier essai fut infructueux, mais il rappela dans la foulée. Au bout de trois sonneries, on décrocha :

— Allô ?

C'était la voix de Mustapha Benacer.

— Allô ? fit une deuxième fois le malfrat.

— C'est Brigante.

— Tu m'appelles d'où ? T'es fou ? gueula-t-il.

— T'inquiète, le portable est clean, le rassura-t-il.

Je pense que le fixe du bar et mon téléphone sont sur écoute.

— Qu'est-ce que tu me veux ?

— On peut se parler tranquillement maintenant et j'ai une question à te poser. Pourquoi t'es venu chez moi ?

— Tout à l'heure ? Parce que...

— Non, la toute première fois ! le coupa l'Italien. Avec ton équipe.

— Je te l'ai déjà dit, c'est sur les conseils de Tony.

— J'ai fait quatorze piges de violon, je suis sorti y'a un an ; c'est quoi, le lézard ?

— Y'a pas de lézard, on prépare une opération, c'est du lourd, Tony nous a rencardés sur toi.

— C'est quoi, ces conneries ? Je trempe plus là-dedans depuis des lustres ! Tony et le reste du monde le savent !

— On doit taper un casino, c'est toi l'expert.

En faisant référence à son dernier gros coup, *le casse du siècle* comme l'avaient appelé les médias de l'époque, Benacer raviva des souvenirs chez Brigante. Certains étaient agréables : les salves d'adrénaline ressenties avant de monter un braquage d'une telle envergure ou la sensation de puissance quand on se remplit les poches jusqu'à les faire craquer. D'autres un peu moins : le bruit du maillet du juge qui martelait le verdict à son procès et annonçait la peine à la cour. Il n'avait eu le temps de dire au revoir à personne. On aurait pu lui servir le monde sur un plateau qu'il n'aurait voulu la présence que d'une seule personne, Lacey. Sa Lacey qui l'avait abandonné dès les prémices du procès. Ou alors était-ce lui qui avait abandonné l'amour de sa vie en n'étant rien qu'une vermine bonne à voler l'argent des autres pour vivre ?

La voix de Benacer rappela Brigante à l'ordre :

— T'es toujours là ? T'as entendu ? On doit taper un casino, c'est toi l'expert.

— Qu'est-ce que j'y connais ? Tu m'as pris pour un Partouche[1] ?

— C'est un de ceux que t'as braqués dans le sud à l'époque.

— Ça date de plus de quinze ans !

— Je pense que t'as toujours les plans quelque part.

Bien sûr qu'il les avait. Dans sa tête, gravés à vie. Il avait tout appris par cœur puis détruit les preuves sur papier. Si on venait le perquisitionner, il n'aurait rien. Tout dans la tête. *Vous avez un mandat pour fouiller mon cerveau, monsieur le juge ?*

— Ça se pourrait. Si je t'aide, je veux juste qu'on me laisse tranquille et qu'on laisse mon père tranquille.

— Je demande que ça.

— Alors, tu vas bien m'écouter, Benacer. Je vais te dire tout ce que je sais sur les casinos que j'ai braqués à l'époque. Je pourrai pas te dire ce que je sais pas, alors si l'info te convient pas, c'est pas mon problème, faudra t'en contenter. Mais avant ça, tu vas prendre un papier et un stylo et bien noter noir sur blanc ce que je vais t'expliquer. Tu vas ouvrir grand tes esgourdes et tu vas faire exactement ce que je te dis. Après, on sera quittes.

— Je t'écoute.

6

Le cœur plus léger, Romeo raccrocha et retourna dans son troquet. Une scène plutôt cocasse l'y accueillit : Léo, derrière le bar, servait un café à une belle rousse aux yeux bleus.

Apercevant Brigante du coin de l'œil, Van Deren lança les hostilités :

— Tu fais travailler des mineurs maintenant ?

— C'est ma fille, répondit-il du tac au tac.

Ça devenait de plus en plus naturel, cette histoire, à croire qu'il commençait même à y prendre du plaisir. Et il n'était pas le seul, car à l'évocation du mot, Léo esquissa un sourire.

— Et ça change quoi ? Elle a le droit de travailler dans un débit de boisson à 13 ans peut-être ?

— 15 ! gronda Léo.

— T'es mignonne, ma chérie, mais je parle à ton père.

Second sourire.

— Vous me mettez en examen, commandante ?

— Venez plutôt là, on va discuter cinq minutes, dit-elle en montrant un box de l'arrière-salle où elle jugea qu'ils seraient tranquilles.

La flic et l'ex-voyou prirent place l'un en face de l'autre. Un peu plus serein que le premier soir où ils s'étaient rencontrés, Romeo osa amorcer la conversation :

— Vous n'êtes pas avec vos deux sbires ?

— Pourquoi, je devrais ?

— Non, non, vous ne risquez rien, vos caméras nous observent. Faudrait être con pour tenter quoi que ce soit, répondit-il, accompagnant sa réplique d'un clin d'œil.

— Je vous trouve bien taquin pour quelqu'un qui peut retourner au trou d'une minute à l'autre.

— Je vous l'ai déjà dit, j'ai absolument rien à me reprocher.

— Ah oui ? Et Benacer qui vient vous rendre visite ? C'est rien à se reprocher, ça ?

Les caméras tournent bien, se dit Romeo.

— On s'est même pas parlé.

— Alors, qu'est-ce qu'il foutait là ? Il aime l'ambiance ?

— Je crois qu'il est juste venu me mettre un petit coup de pression. Il doit soupçonner quelque chose, mon bar puait le flic après votre passage.

La commandante ne releva pas.

— On t'a à l'œil, Brigante ; à la moindre entourloupe, je te fais déférer.

— Je veux pas de problèmes, moi. Vous m'enlevez quand, vos mouchards ? Vous voyez bien que ça ne sert à rien ?

— Quand je l'aurai décidé. Et ça sert à ne pas en louper une miette. Par exemple, la marque de bière qu'a commandée Benacer.

Romeo n'était pas dupe. La petite visite de courtoisie de la commandante Van Deren ne servait qu'à une chose : bien faire comprendre au taulier du Shakespeare que son bar était surveillé du soir au matin et qu'il devrait y réfléchir à deux fois s'il voulait faire un pas de côté dans sa vie et sortir des clous.

Défiant Romeo du regard, Sofia se leva, remonta son jean et quitta la pièce sans même un au revoir. Arrivée à hauteur de l'entrée principale, elle tourna la tête et lança :

— Fais-lui faire ses devoirs plutôt que de lui faire servir des demis, Brigante !

Après que la flic eut quitté le Shakespeare, Léo fit le tour du comptoir et marcha vers Romeo.

— Elle se prend pour qui, celle-là ?

— La commandante de la DIPJ de Lyon.

— Ah oui, quand même. C'est elle qui te surveille ?

— Elle m'emmerde. J'ai payé ma dette envers la société, je me suis mis dans le rang et elle, elle vient me chercher des poux.

Romeo plongea le visage dans ses mains et soupira longuement.

— Elle a pas l'air de t'emmerder tant que ça, lâcha Léo.

— Hein ? dit Romeo en tournant la tête en direction de la jeune fille.

— Petit coquin, va ! Tu crois que j'ai pas vu comme tu la matais ?

Oubliant le conseil de la commandante Van Deren, Romeo demanda à Léo de tenir le bar pendant qu'il faisait une petite course. Il en aurait pour une heure à tout casser. C'était d'ailleurs exactement ce qu'il avait prévu de faire : tout casser.

L'Italien se lança au pas de course dans la rue Saint-Georges, bifurqua sur la gauche pour s'engager dans la rue Mouton et déboucha sur un quai de la Saône.

Sur sa droite, la passerelle Saint-Georges reliait le 5e arrondissement à la presqu'île, autorisant les piétons et les flâneurs à apprécier la beauté de la ville. Devant et derrière lui s'étirait le quai Fulchiron sur lequel roulait le taxi à qui il venait de faire signe.

— Centre des Eaux Vives, s'il vous plaît, lança-t-il au chauffeur à peine la portière ouverte.

Arrivé sur le parking du mouroir à quatre mille balles du mois, Romeo entreprit d'inspecter toutes les voitures. Au bout de quelques minutes, il repéra celle qu'il avait vue après sa visite du mercredi. Les battements de son cœur s'accélérèrent et il marcha d'un pas déterminé vers l'entrée du centre.

À l'accueil, il afficha son plus grand sourire et entama son numéro. Le cirque Brigante venait de débarquer en ville et présentait le clou de son spectacle !

— Bonjour, madame, minauda-t-il.

— Bonjour, que puis-je faire pour vous ?

— Je voudrais sortir du parking et il y a une voiture qui me gêne. Une vieille Opel Corsa noire, j'ai le numéro de la plaque si vous voulez.

— Oh non, ce ne sera pas nécessaire, je vois très bien à qui elle appartient.

Elle se tourna vers une collègue qui sortait d'un bureau situé juste derrière le comptoir et lui demanda :

— Tu peux aller au réfectoire et dire à Yann qu'il vienne bouger sa voiture ? Elle gêne le monsieur.

Yann. Le réfectoire. Cet empaffé bossait à la cantine, c'était pour ça qu'il ne l'avait jamais vu !

— Ne vous dérangez pas, si c'est la voiture de Yann, alors je vais aller lui faire un petit coucou, mon père m'a beaucoup parlé de lui.

Les deux employées se regardèrent, interloquées. La nana de l'accueil ouvrit la bouche :

— Votre père ?

— Oui, monsieur Brigante.

Elle fit un grand sourire qui détendit sa collègue.

— Ah ! fit-elle. Monsieur Brigante ! Quel brave homme, toujours un petit mot gentil pour nous.

— Écoutez, je dois filer, mais si Yann est au réfectoire, je vais passer le voir quelques minutes si ça ne vous dérange pas. Mon père m'a dit qu'il s'occupait bien de lui, je voudrais juste aller le remercier.

Les mines éberluées des deux femmes ne pouvaient traduire qu'une chose : complimenter un type comme Yann n'était jamais arrivé.

L'agent d'accueil conclut simplement :

— Si ça vous fait plaisir, le réfectoire est tout droit au bout du couloir sur votre droite.

— Au bout du couloir, très bien !

Et au bout de ce putain de couloir : ce petit camé de Yann.

La grande salle aux centaines de tables et de chaises était vide. Elle sentait ce que sentent toutes les cantines du monde : tout sauf la perspective d'un bon repas.

Derrière le grand comptoir qui, à chaque service, devait présenter les aliments les plus fades que la ville des bouchons[1] ait jamais connus se trouvaient les cuisines. De là, Romeo pouvait entendre quelques bruits de vaisselle.

Serrant les poings et la mâchoire, il s'engagea dans l'arrière-salle. Là, l'odeur de cantine atteignait son apogée et l'Italien, amateur de bons gueuletons, se demanda comment son père pouvait supporter un tel supplice au quotidien.

Au fond de la salle, au milieu des chariots, des cuves et des éviers en acier inoxydable, Yann était affairé à nettoyer un grand plat à gratin à l'aide d'un jet d'eau à la pression puissante. Quelle veine, il était seul.

— Hé, psst, Yann ! chuchota Romeo.

Le jeune homme se retourna. Sa tronche avait l'air encore plus démontée que la veille, aucun doute sur le fait qu'il était consommateur de stupéfiants. Romeo en avait croisé des tonnes comme lui en taule, les signes ne trompaient jamais.

— C'est Benacer qui m'a dit que tu bossais là, amorça Romeo.

— Hein ? Mus' ?

— Oui ! Mustapha ! Il m'a dit que tu cherchais.

— Je sais pas de quoi vous voulez parler, répondit Yann.

Toujours la même réponse. Ça devait être une sorte de réflexe, comme si le moindre type qu'on ne connaissait pas pouvait potentiellement être des stups. En général, le petit numéro des camés ne tenait pas longtemps. Ces gens-là n'étaient capables de vivre que selon deux états : défoncé ou en manque. Dans le premier cas, facile de déjouer leur méfiance ; dans le second, il suffisait de prononcer le sésame pour les faire se dresser sur leurs pattes arrière comme des chiens à qui on promet un os à ronger.

— J'ai de la bonne à te faire essayer.

Yann arrêta le jet d'eau et posa le plat – en inox – au fond de l'évier – en inox.

— J'ai pas de thunes, lança-t-il, presque triste.

— T'inquiète, c'est offert par la maison.

Cliché du dealer. Technique commerciale ancestrale pourtant éprouvée depuis des lustres. La première fois, c'est gratos ; la deuxième, faut passer à la caisse. Défoncé ou en manque : c'était empirique.

— Je peux pas, je bosse, là.

Il était méfiant, le petit Yann.

— Y'a personne. Et puis j'ai dit aux deux gonzesses de l'accueil que ta bagnole me gênait. Tout le monde y verra que du feu si tu m'accompagnes sur le parking. On se fait une petite trace vite fait et tu me dis ce que t'en penses.

— Brown ou blanche ?

— Du cheval.[2]

Romeo avait tapé dans le mille, Yann lui collait déjà aux basques.

Ils repassèrent devant l'accueil, où Romeo illumina les deux employées de son plus grand sourire, et sortirent sur le parking.

— On va dans ta caisse, dit Romeo.

Le camé ne daigna même pas répondre et, tel un zombie à qui on vient de proposer de la chair fraîche, il pressa le pas jusqu'à sa vieille Corsa.

Yann s'installa derrière le volant et Romeo prit la place du mort – bien qu'il pensât justement le contraire.

L'Italien fit mine de fouiller dans la poche de sa veste et étendit en même temps le bras gauche. Il saisit la nuque du jeune Yann et lui fracassa la tête contre le volant. Le camé hurla quand les os de son nez se brisèrent sous le choc et que le sang gicla sur le tableau de bord. Histoire de bien marquer le coup, Romeo lui fit faire le match retour. Une nouvelle fois, le visage du jeune homme imprima une marque ensanglantée sur le volant de la vieille bagnole, dans un râle guttural.

Yann perdit connaissance quelques secondes avant que Romeo ne ponctue son geste d'une tirade :

— Écoute-moi bien, mon gars. Ce que tu viens de subir, c'est une frappe chirurgicale à titre préventif. Si tu touches à un seul cheveu de quiconque dans ce centre pour retraités, mes poings reviendront te faire la bise, et d'où je viens, on en fait quatre ! Si n'importe lequel de tes dealers, Benacer ou autre, te fait du chantage à la dope en te proposant un deal qui impliquerait d'aller emmerder des petits vieux par ici, réfléchis-y à deux fois et rappelle-toi ce volant.

Yann plongea son visage tuméfié dans ses mains et poussa un nouveau cri, que ses phalanges étouffèrent.

Romeo s'extirpa de la voiture avant de s'adresser une dernière fois à sa victime :

— Et arrête la came, ça te rend crédule !

La portière claqua.

. . .

Romeo avait fermé le bar plus tôt. Toutes ces histoires allaient lui faire mettre la clef sous la porte si ça continuait ! Le bon côté de la chose était qu'il passait des moments agréables avec Léo. Il commençait à s'habituer à la petite. Il avait voulu lui faire plaisir et ils étaient allés dîner chez Ali, son pote marocain qui servait les meilleurs couscous de la ville moyennant des prix défiant toute concurrence. C'est sûr que ça payait pas de mine et la vieille devanture pouvait rebuter les plus farouches des badauds, mais c'était tant mieux. Dans le vieux Lyon, il n'y en avait que pour les bouchons. Ces restaurants étaient pourtant aussi éloignés de la gastronomie si chère à la région que l'était Orléans de La Nouvelle-Orléans. La cochonnaille industrielle, ça allait bien cinq minutes ! Romeo préférait les mille et une saveurs d'Orient du petit estancot d'Ali.

Pour l'occasion, Léo avait quitté son habit d'ado râleuse et rebelle pour celui de petite fille à papa. Toute cette histoire de paternité qu'il avait d'abord prise pour des salades commençait à se frayer un chemin dans son esprit. Il n'avait qu'à plonger son regard dans les yeux de Léo pour y distinguer son patrimoine génétique, sa chair et son sang. Il savait qu'il avait blessé sa mère des années auparavant, et lui aussi avait grandement souffert de la séparation. Par-dessus le marché, on lui avait collé vingt ans de ballon : la complète jambon-œuf-fromage ! Il en avait eu, du temps, pour ressasser toutes les conneries qu'il avait faites.

Alors que Léo et Romeo dégustaient un bon plat oriental entre rires et découverte de l'autre, l'Italien ne pouvait s'empêcher de penser à Lacey. La mère de la petite avait finalement fait son devoir de mère. Elle lui avait parlé de son père, même si ça l'obligeait à faire le CV d'un type qui gagnait sa vie en volant les autres et dont le destin était de croupir dans une cellule jusqu'à sa mort.

Romeo avait payé pour ce qu'il avait fait et avait quitté le milieu. Son bar lui permettait de se réinsérer dans la société, d'y trouver une place et il était plutôt content de payer des impôts – même si l'usage qui en était fait le rendait parfois fou.

Allait-il cette fois-ci trouver sa place au sein de l'humanité ? S'il avait une descendance, si ses chromosomes s'étaient mélangés avec ceux d'une autre et qu'à deux, ils avaient fabriqué la belle jeune fille qui se tenait assise devant lui en train de siroter un coca, avait-il alors accompli le destin de tout homme ? C'était encore difficile à digérer : on n'accouchait pas comme ça d'une nana de 15 ans qui avait eu sa propre vie en marge de la vôtre. Il allait devoir composer avec cette nouvelle donnée de l'équation, d'autant plus que Léo faisait irruption dans sa vie au pire des moments. Le milieu revenait vers lui comme une ex un peu revancharde ; quant à la police, elle lui cherchait des poux sur son crâne pourtant rasé à blanc. Oui, le pire des moments pour se faire appeler papa.

— Tu sais que t'as des airs de Bruce Willis ? lança Léo.

— T'es sérieuse ? Je prends ça comme un compliment, merci, répondit Romeo en souriant.

— Tu m'étonnes ! Même à son âge, il est super bien conservé. Moi, ça me gênerait pas de...

— OK, stop, je veux pas en savoir plus, coupa-t-il.

Léo émit un petit rire.

— Vu comme tu te fringues, c'est pas hyper flagrant, mais toi aussi t'as l'air plutôt mastoc. Tu fais du sport ? J'ai remarqué des haltères dans la chambre.

— Oui, un peu. J'essaye de maintenir la baraque pour pas qu'elle s'écroule, quoi.

— En prison, on doit faire beaucoup de muscu et compagnie, non ?

La phrase lui avait cinglé le visage comme un coup de schlass. La petite savait tout, sa mère avait tout balancé sans filtre. Il décida de jouer franc jeu : à quoi bon cacher un secret de Polichinelle.

— Y'a que ça à faire, là-bas. Ça, et lire.

— Tu lisais quoi ?

— Tout. Tout ce qui me tombait sous la main. La bibliothèque était pas bien fournie, mais ça se bousculait pas au portillon non plus pour emprunter des bouquins. Je pense que le tiers des gonzes qui sont en taule savent même pas lire.

— Sérieux ?

— Pour sûr ! Comment tu crois qu'ils se retrouvent en cabane, tous ces gens-là ?

Elle fronça les sourcils.

— C'est pas parce que tu sais pas lire que tu vas automatiquement en prison !

— Tu sais, la vie ne fait pas de cadeaux et quand tu peux pas lire les règles du jeu, on te met de côté.

Il regarda sa montre et héla son ami restaurateur.

— Ali ? Tu nous fais l'addition, s'il te plaît.

Sur le chemin du retour, Romeo avait apprécié chaque seconde en compagnie de Léo. Il trouvait qu'ils étaient beaux à marcher tous deux dans les rues pavées du vieux Lyon, dans la chaleur d'un soir d'été. Il avait pris des milliers de photos mentales pour se les repasser plus tard, quand il en sentirait le besoin. Romeo n'avait pas la moindre idée du futur de cette nouvelle relation, mais peu lui importait, il avait appris depuis longtemps à apprécier le moment présent sans se poser de question. Chaque jour appelait immuablement un lendemain et personne ne pouvait rien y changer.

Avant d'accéder à la montée de son immeuble, Brigante avait voulu passer le bras autour des épaules de Léo, mais il ne l'avait pas fait, pas osé : chaque chose viendrait en son temps.

7

Mustapha Benacer n'avait pas fait dans la dentelle. Il avait ramené une équipe de choc. Trois types à la mine patibulaire, dont deux molosses. Il y avait un gitan et deux mecs de l'ex-bloc de l'Est, un vrai hommage au traité de Maastricht. Libre circulation des bandits et de l'argent sale.

Ils avaient débarqué exactement au moment que lui avait suggéré Romeo : juste avant midi. Le bar était presque désert et les trois seuls clients – trois Perrier citron – se dirigeaient déjà vers la sortie.

Brigante tira les rideaux et verrouilla la porte. Il avait donné la consigne à Léo de l'attendre chez lui jusqu'au soir. Pour ne pas qu'elle s'ennuie, il lui avait filé une liste de courses et quand elle avait compris qu'elle pourrait faire ce qu'elle voulait avec le reste – conséquent – de la monnaie, elle avait ravalé ses plaintes.

Mustapha et sa troupe prirent place au même

endroit que la fois d'avant et, en guise d'offre de bienvenue, Romeo posa une bouteille de Jack Daniel's et
quatre verres au milieu de la table.

— Seulement quatre verres ? Tu trinques pas ?
dit Mustapha.

— Je bois pas, répondit Romeo plus sèchement
qu'il ne l'aurait voulu.

— Dans ce cas...

Benacer animait sa réunion de bandits et Romeo
s'était installé dans une autre salle avec un paquet de
comptabilité en retard. Il ne voulait pas croiser leurs
regards. Il voulait juste qu'ils en finissent vite et que
tout se déroule selon son plan.

Après une bonne demi-heure, il alla les rejoindre
pour leur faire un laïus sur sa vision d'un braquage
bien préparé. Il leur expliqua qu'un casse doit se
répéter grandeur nature et qu'il ne fallait pas hésiter
à y mettre les moyens, quitte à recréer dans les
moindres détails l'environnement dans lequel ils
allaient devoir évoluer. C'était comme monter une
boîte. Il fallait souvent faire des investissements pour
miser sur l'avenir. Il leur révéla les dessous de ses
trois derniers bracos et comme Benacer et ses
acolytes avaient l'intention de taper un des casinos
du lot, Romeo leur livra sa connaissance des lieux. Il
les avait bien prévenus, il n'avait jamais refoutu les
pieds là-bas en quinze ans. Les choses avaient sûrement changé, mais si c'était ce pour quoi Tony Perez

les avait aiguillés vers lui, il faisait alors simplement son devoir en leur balançant tout son savoir-faire.

Personne n'avait pris de notes, Romeo n'avait jamais vu ça. Peut-être qu'ils ne savaient pas écrire après tout. Ils trouveraient leur place très vite en prison. Brigante ne savait absolument pas comment une telle équipe de bras cassés allait pouvoir s'en sortir dans un braquage à l'ancienne à une époque où même les rues tranquilles des villes étaient surveillées par des caméras. Mais ce n'était pas son problème. Ce n'était *plus* son problème. Il avait honoré une faveur pour un vieux collègue – Tony, l'ancien chef de la bande des Allemandes – histoire de ne pas avoir d'emmerdes, mais ça s'arrêtait là.

À la fin de la réunion, la grande aiguille de l'horloge du Shakespeare avait déjà fait deux tours. Tous se levèrent, se dirigèrent vers la sortie et quittèrent les lieux.

Alors que Romeo tirait les rideaux, Mustapha, qui avait laissé ses collègues prendre un peu d'avance dans la rue, revint sur ses pas pour faire face à l'Italien.

— Je voulais juste te dire un truc, le rital.

— Je t'écoute.

— Félicitations pour ta fille ! Elle est vraiment super mignonne.

La colonne vertébrale de Romeo venait de se transformer en ligne à haute tension.

~

En fin d'après-midi ce jour-là, un jeune coursier à vélo fit le trajet du vieux Lyon à la DIPJ en grillant presque tous les feux rouges. Il avait été chargé d'apporter un petit colis à la commandante Van Deren.

Ce n'est que quelques heures après que Sofia daigna enfin jeter un œil sur le paquet qui trônait sur son bureau depuis le moment de sa livraison.

Elle ouvrit l'enveloppe à bulles froissée et en extirpa un petit appareil électronique de plastique noir. Un dictaphone. Elle n'en avait pas vu depuis un moment ; pourtant, avant l'apparition des smartphones, elle vouait un véritable culte à cet objet si pratique. Un mot manuscrit accompagnait le colis. Un simple papier bristol à l'effigie d'une marque de bière et quelques lignes qui provoquèrent un grand sourire sur le visage de la commandante.

« Voici le son qui va avec les images. J'ai fait mon job, faites le vôtre. »

La missive n'était pas signée, mais Sofia comprit d'instinct de qui il s'agissait.

Van Deren et son équipe avaient dû renvoyer le visionnage de la vidéo à plus tard – très tard – dans la soirée. En effet, plusieurs grosses affaires de viol les tenaient en haleine depuis des mois et étaient sur le point d'être élucidées, ce qui ferait augmenter considérablement leur taux de réussite.

Le lieutenant Aymeric Chopin, le capitaine Frédéric Ropert et la commandante Van Deren ne seraient pas rentrés chez eux avant minuit, leur moitié respective ayant été prévenue. La petite amie de Chopin avait soupiré, la femme de Ropert n'avait même pas daigné s'embarrasser d'une quelconque remarque tant elle y était habituée et le chat de Van Deren, son seul compagnon depuis presque deux ans, n'avait pas miaulé son désaccord.

On venait de livrer les pizzas que Sofia avait commandées et les trois flics s'installèrent dans la petite pièce de surveillance. La présence de tous ces ordinateurs y faisait régner une chaleur infernale et Ropert pesta. L'idée de prendre son dîner au milieu des écrans et des câbles le foutait en rogne. Van Deren lui rétorqua qu'elle n'avait pas l'intention d'y passer la nuit et qu'ils pouvaient bien manger en même temps qu'ils visionneraient la vidéo, que ça leur ferait gagner du temps.

Le lieutenant Chopin, à qui le brigadier de service avait expliqué succinctement les différentes commandes, lança la lecture. Il fit avance rapide sur toute la matinée et remit la vitesse normale lorsque, sur l'écran, Benacer fit son apparition dans l'encadrement de la porte d'entrée du Shakespeare.

— Putain ! s'exclama le capitaine Ropert. C'est qui, ces deux-là ?

— Chopin, vous savez faire des captures d'écran sur les visages ? demanda Van Deren.

Le lieutenant secoua la tête négativement.

— Bon, notez le time code et on verra ça demain avec le brigadier. Sinon, le gitan, on le connaît, on doit pouvoir ressortir son dossier facilement, dit-elle.

Chopin prenait quelques notes sur un carnet que la graisse des pizzas avait taché. Van Deren se demandait ce qu'il pouvait bien écrire tant les premières minutes de cette réunion de malfrats étaient inintéressantes. Ce n'est que lorsque la commandante plaça le dictaphone au milieu de la table et lança l'écoute que les choses prirent tout leur sens.

Ils écoutèrent, rembobinèrent, accélérèrent, firent pause et prirent des notes avec l'excitation de jeunes garçons espionnant le vestiaire des filles.

Alors qu'Aymeric débarrassait les cartons à pizza de leur table à manger de fortune, Van Deren lança les hostilités :

— Bordel, ça fait des mois qu'on attend un moment pareil ! dit-elle avec le sourire. On va pouvoir se faire un flag d'anthologie ! Lieutenant, faites-moi une petite recherche sur le casino qu'ils ont l'intention de braquer.

— Je suis dessus, répondit-il, le nez rivé sur l'écran d'un ordinateur portable qui avait pris la place de sa pizza. C'est le casino d'Aix-en-Provence, il appartient au groupe Partouche. Je pense qu'ils l'ont choisi stratégiquement pour sa proximité avec une sortie de l'autoroute A8.

— C'est sûr ! dit le capitaine Ropert. C'est l'A7 qui descend de Lyon et qui devient l'A8 aux abords d'Aix.

— C'est surtout un des plus gros casinos de la région, relança Sofia. Ils ont dit quand pour la date fatidique ?

— Dans quatre ou cinq jours, c'est ce qu'a dit Benacer, déclara Chopin.

— Ça nous laisse peu de temps pour monter une opération, mais on a le gros avantage de l'effet de surprise. Ils ne s'attendront pas à nous voir débarquer, dit Van Deren.

— Du coup, qu'est-ce que Brigante vient faire dans l'histoire ? demanda le lieutenant.

— Vous l'avez entendu comme moi, poursuivit la commandante. Je pense que la bande de Benacer est venue chercher un savoir-faire qu'elle n'avait pas. D'ailleurs, vous pouvez noter tous les conseils de Brigante parce qu'il a révélé une mine d'or d'informations, ça pourrait même aider de futures équipes à se préparer au mieux lors de situations de braquage.

— Il a bien joué le jeu en tout cas, lança Ropert.

— Quoi qu'on en dise, la prison, ça vous change un homme et tout bandit d'envergure qu'il est, il a pas du tout envie d'y retourner. Je commence à le croire quand il disait qu'il était rangé des bagnoles, déclara Van Deren.

— Quoi qu'il en soit, on a leur plan d'attaque minute par minute, on a les lieux et les horaires, y'a plus qu'à, comme on dit.

La commandante se leva et donna à ses subordonnés les derniers ordres de la soirée :

— Dès demain, on constitue une petite équipe avec nos meilleurs gars d'ici, puis on appelle le SRPJ de Marseille et de Montpellier pour du renfort.

Elle fit une pause puis poursuivit :

— Lieutenant, faites une copie de la vidéo et de la bande-son en isolant les passages qui nous intéressent et vous viendrez avec moi à Marseille pour leur faire un topo. On envoie aussi une patrouille aux abords du casino d'Aix-en-Provence dès demain : ne prenons pas de risques, on n'est pas sûrs des dates et si ça leur prend l'envie d'aller taper tout de suite, on sera marron.

Elle se tourna vers le capitaine Ropert :

— Fred, vous nous trouvez un juge coopératif pour qu'il nous signe tous les mandats dont on aurait besoin, je veux pas de vice de procédure, ça fait des mois qu'on colle Benacer au cul, pas question de se retrouver le bec dans l'eau à cause d'un de ses baveux.

— Ouais, la paperasse comme d'hab, grogna-t-il.

— Mieux que ça, capitaine, c'est vous qui allez diriger les opérations avec la BRI et le RAID. Faites gaffe, ils vont tirer la couverture à eux au maximum !

En signe de conclusion, elle joignit ses deux mains dans un petit claquement sec :

— Messieurs, on a du boulot ! Il va y avoir de l'action et on va pouvoir faire bronzer nos flingues sous le soleil du sud. Passez une bonne nuit, car demain, les choses s'accélèrent.

Si Romeo avait su que c'était ça d'avoir un gosse, il en aurait fait un en bonne et due forme. Il commençait à apprécier la présence de Léo à ses côtés. C'était agréable d'avoir quelqu'un à la maison, quelqu'un qui n'était pas forcément une petite amie. Avec elle, il pouvait être totalement lui-même, un père qu'il n'avait jamais été. C'est vrai qu'il ne s'était pas tapé les années les plus chiantes de la vie d'un môme, mais quand même, il trouvait ça plutôt sympa d'avoir une descendance. Quoi qu'il en soit, un gosse, ça vous prend la tête à maintes reprises dans une vie. D'abord, il y a la phase où ils sont à peu près aussi intéressants que des mollusques et ne font que répéter les étapes essentielles de la survie sans sourciller : manger, dormir et faire leurs besoins. Après, ça gambade dans tous les sens et ça vous colle des frayeurs d'anthologie. Le – peu de – répit arrive quand ils entrent enfin dans le système scolaire, mais là encore, les occasions de se faire des cheveux blancs sont légion. S'ensuit une période plus ou moins calme jusqu'à leur majorité, à cela près qu'ils ont des boutons qui leur poussent sur le coin du pif, qu'ils découvrent ce qu'ils ont – ou pas – entre les jambes et qu'ils ont leurs premiers chagrins d'amour et leurs premiers problèmes de trigo – la corrélation entre les deux mérite d'ailleurs d'être démontrée. À la fin des années lycée, vous avez une chance sur deux de vous coller un cancer du côlon à cause de leur bac. Si vous avez un peu de pognon de côté, ils peuvent démarrer de brillantes études, sinon, la seule chose qu'ils feront briller, c'est le capot d'une bagnole. Après ça, y'a de grandes chances qu'ils se trouvent un job mal payé et autant d'excuses pour venir vous taper du fric. En gros, on est tranquille quand ils sont mariés avec deux enfants, et encore.

Tout compte fait, Romeo décida que les gens pouvaient très bien être heureux sans enfants.

En ce qui le concernait sur le moment, il était plutôt heureux de partager son quotidien avec la petite. Elle aidait au bar de temps en temps, ils s'embarquaient dans de grandes discussions une fois rentrés à son appartement et chaque nuit, avant de s'endormir, Brigante n'avait qu'une hâte, celle de découvrir ce qu'allait bien lui apporter un lendemain en compagnie de sa fille. Léo avait finalement appelé sa mère et ils avaient décidé au préalable, d'un commun accord, de ne pas l'affoler concernant sa fugue. Ils auraient tout le temps de la lui expliquer à son retour.

Grâce à Léo, Romeo en aurait presque oublié Benacer et les flics, mais quelque chose lui disait qu'ils allaient tous bientôt se rappeler à lui d'une manière ou d'une autre.

Cela faisait trois jours que la réunion de pré-braquage avait eu lieu et les choses allaient s'accélérer, ça ne faisait aucun doute.

Alors que l'heure de fermeture du Shakespeare approchait, Romeo avait sommé Léo d'aller récupérer quelques plats à emporter avant que le restaurant ferme et d'aller préparer leur dîner. Par « préparer leur dîner », il fallait comprendre : disposer deux bouts de sopalin sur la table et réchauffer la bouffe au micro-ondes. On n'était pas chez Bocuse.

L'horloge du bar indiquait 2 h 27, la douleur lancinante au niveau de ses lombaires indiquait cent ans et le ventre de Romeo gargouillait comme s'il n'avait jamais rien avalé de sa vie entière. Dans un rituel maintes fois répété, Brigante ferma son bar et se dirigea vers son appartement d'un pas décidé. Les pavés du vieux Lyon recrachaient la chaleur qu'ils avaient accumulée dans la journée et les enseignes lumineuses s'éteignaient une par une comme des bougies que l'on souffle après la fin d'une coupure de courant. Romeo vivait aussi pour ces moments où il avait l'impression que la ville lui appartenait. Il avait passé trop de temps entre quatre murs pour ne pas apprécier la valeur des choses simples, comme lorsqu'un homme se retrouve seul à déambuler dans les rues d'une ville qu'il aime.

Digicode. Escalier. Clefs. Serrure. Et le silence. Un silence bien inquiétant, et niveau inquiétude, Romeo en connaissait un rayon. Pas de sopalin sur la table. Pas de plats à réchauffer. Pas de Léo. Il avait pourtant appelé son nom à maintes reprises, élevant un peu plus la voix à chaque fois.

Un frisson lui parcourut l'échine tel un arc électrique faisant griller un circuit imprimé.

Il s'approcha de la table et en lieu et place d'un repas convivial en compagnie de sa fille retrouvée, Romeo trouva un vieux téléphone portable et un mot. Sur le bout de papier, toutes les craintes de l'Italien s'étaient cristallisées en un numéro de téléphone griffonné à la va-vite.

Fébrile, Romeo composa les chiffres et son cœur faillit s'arrêter entre chaque tonalité.

— Enfin ! dit une voix familière en décrochant.

— Où est Léo ? tonna Brigante.

— Du calme, papy, répondit Benacer. Elle est avec nous, tout va bien. Merci pour le couscous, d'ailleurs, il était délicieux. T'inquiète pas, on s'occupe bien d'elle.

— Passe-la-moi !

— Il est presque 3 h du mat, elle dort ! Tu nous prends pour qui, des parents indignes ? C'est pas parce que c'est les vacances qu'il faut se relâcher !

Avant de reprendre, il avait émis un petit rire caustique qui agaça Romeo.

— Pour être plus sérieux, t'as pas de souci à te faire, Brigante, elle te sera rendue quand tout sera terminé.

— Putain, mais qu'est-ce que vous me voulez à la

fin ? J'ai fait tout ce que vous m'avez demandé, lâchez-moi la grappe maintenant !

— Les flics sont allés te renifler le cul, c'est pas bon pour nous, ça, Brigante. On devait juste prendre quelques infos auprès de toi, mais la police s'en est mêlée, tu peux comprendre qu'on soit pas super sereins sur ce coup, non ?

Benacer n'avait pas tort. À la grande époque, Brigante aurait pris toutes les précautions nécessaires dans un pareil cas. Il ne se serait pas abaissé à kidnapper une jeune fille, mais il aurait usé de tous les moyens pour garantir le bon déroulé de son opération.

— Qu'est-ce que tu veux ? souffla l'Italien.

— C'est très simple. Pour s'assurer que t'es pas de mèche avec les condés, on garde la petite jusqu'à la fin de nos affaires. Une fois que tout est rentré dans l'ordre et qu'on est de retour à la maison sans menottes autour des poignets, on te la rend.

Brigante serra le téléphone si fort qu'il crut qu'il allait le faire exploser. Après une pause, il arriva tout de même à glisser entre ses dents :

— Je vous ai donné un plan béton. Ça peut pas foirer. Ramenez-moi la petite, bordel.

— Je te crois, Brigante, je te crois. Mais avec ta fille, j'ai pas besoin de te prendre au mot, j'ai l'assurance que tout va bien se dérouler. Allez, mon vieux, essaye de passer une bonne nuit.

— Bena...

— Garde le téléphone à portée de main, je te

rappellerai plus tard. N'essaye pas de me recontacter, le numéro que tu viens de faire ne sera plus utilisé après cet appel. Et t'en fais pas, si tout se passe bien pour nous, tout se passera bien pour elle.

Clic.

8

Garée sur le parking du casino d'Aix-en-Provence dans une voiture banalisée, la commandante Van Deren crachait ses ordres à toute son équipe dans un vieux talkie-walkie. Le lieutenant Chopin et elle faisaient le piquet de grue depuis 6 h du matin, buvant café sur café et fumant clope sur clope. S'ils restaient en planque plus longtemps, ils allaient choper un cancer, c'était certain.

— On a bien une équipe derrière le bâtiment qui surveille les entrées de service ? demanda Sofia fébrilement.

— Oui, souffla Aymeric, vous venez de leur parler, commandante.

— Putain, je crois que c'est le café qui me rend nerveuse comme ça. J'espère qu'ils vont se pointer aujourd'hui, je tiendrai pas une journée de plus dans cette bagnole !

— Sympa pour moi !

— Je dis pas ça pour vous, lieutenant, dit-elle en lui donnant une petite tape sur l'épaule. C'est juste que j'ai la bouche pâteuse à force de fumer, et ce café dégueulasse va me filer un ulcère.

— Sympa pour moi !

— Qu'est-ce que vous avez, Chopin ? Votre disque est rayé ?

— Le café. C'est moi qui l'ai préparé ce matin, dit-il esquissant une légère moue.

— Allez, lieutenant ! Je déconne ! Ce matin, il était bon. Là, il commence à me filer des aigreurs d'estomac, c'est tout.

Les deux continuèrent à se taquiner pendant quelques secondes avant que le silence ne revienne en maître dans l'habitacle. Aymeric s'était dit que si la commandante ne jurait pas comme un charretier à longueur de journée, elle serait tout à fait à son goût. C'était une très belle femme cachée sous une carapace de flic. Elle avait tout pour faire tourner la tête des hommes : une chevelure à la couleur rousse singulière et des yeux bleus hypnotiques. Sous ses sweat-shirts trop larges et ses pantalons à la garçonne, Sofia Van Deren dissimulait un corps fin et athlétique – tous les hommes du service l'avaient reluquée lors de leur dernier stage de secourisme à la piscine du Rhône.

Le lieutenant secoua la tête pour chasser ces pensées peu professionnelles et fit une revue mentale du protocole qu'ils avaient mis en place depuis deux jours.

Le SRPJ de Marseille avait lâché une demi-douzaine d'hommes pour les besoins de l'opération. Ça avait été difficile d'obtenir leur accord sans qu'ils bronchent. Avides de taux de résolution exemplaires et curieux, les Marseillais avaient voulu tout savoir avant d'approuver une telle mission. Il avait fallu leur donner quelques infos à croquer. Van Deren avait voulu que ce coup de filet se passe dans la discrétion la plus totale : elle se méfiait des margoulins de la cité phocéenne. Plus on allait au sud, plus la frontière entre flics et voyous était ténue, hors de question de prendre le risque qu'un indic à la botte de Benacer se cache parmi les policiers marseillais.

Trois hommes en civil, et néanmoins lourdement armés, déambulaient à l'intérieur. Une camionnette banalisée avec cinq agents de la BRI à bord tournait discrètement dans les voies d'accès aux abords du casino, une équipe réduite surveillait les allées et venues du personnel et, à l'arrière, les hommes du SRPJ dirigés par le capitaine Ropert s'étaient répartis en deux véhicules sur le parking, de part et d'autre de l'entrée principale. Quant à Van Deren et Chopin, ils planquaient un peu plus en retrait.

~

Mustapha Benacer était seul au volant d'une voiture de location garée au milieu des autres sur l'immense parking du casino d'Aix. Il avait mis son téléphone en mode haut-parleur pour rester en communication avec ses complices. Un badaud qui serait passé par là et aurait zieuté à travers les carreaux aurait pu le prendre pour un fou gesticulant et parlant tout seul dans sa voiture.

— Tout le monde est prêt ? Repassez-vous tout ce qu'il y a à faire encore une fois dans votre tête. Je veux pas de raté, tout va arriver très vite, faut être coordonnés.

Le gitan et les deux Yougos avaient répondu positivement.

— Tofé ? (c'était le nom du gitan, allez comprendre...) Tu fais pas le con, OK ? Pas de violence gratos. Si ça veut pas coopérer, hop, un coup de crosse. Tu tires pas, compris ?

Tofé grogna un oui qui fit trembler le haut-parleur du téléphone de Benacer.

— Bon, les gars, je suis sur le point d'entrer dans le casino. Si vous avez une dernière question, c'est maintenant ou jamais.

Le silence.

Benacer prit une grande inspiration, reboutonna sa veste, ajusta ses lunettes de soleil et sortit de l'habitacle. L'opération allait bientôt commencer.

— Commandante, dit Aymeric en pointant du doigt un homme qui marchait vers l'entrée du casino, c'est Benacer !

Son sang s'électrisa et elle se releva sur son siège.

— Putain, c'est parti !

Elle se saisit rapidement de son talkie et tâcha de calmer l'excitation qui la gagnait en adoptant une voix posée :

— À toutes les unités, Benacer est entré dans le casino. Il est seul. Est-ce que tout le monde me copie ?

Oui, tout le monde la copiait. Un des agents en civil à l'intérieur avait repéré Mustapha Benacer et s'était rapproché discrètement de lui, s'asseyant devant une machine à sous non loin de l'endroit où il semblait se diriger.

Tofé le gitan était à l'intérieur du casino depuis l'heure d'ouverture. Il avait joué une petite heure aux bandits manchots puis, repérant un agent de nettoyage qui s'approchait des toilettes avec son chariot, il avait feint une envie pressante. S'assurant qu'aucun témoin n'était dans les parages, il avait assommé le pauvre homme, l'avait bâillonné, menotté, puis enfermé dans un local technique attenant aux toilettes, lui ôtant préalablement son uniforme. Les deux caméras qui auraient pu filmer la scène n'étaient là que pour le folklore et il le savait.

Il avait enfoncé les écouteurs de son kit mains libres dans ses oreilles et s'était ensuite décidé à endosser le rôle de technicien de surface en entamant le nettoyage des urinoirs. Alors qu'il lustrait la robinetterie des lavabos, Benacer avait appelé : c'était le signal. Il avait assemblé le fusil d'assaut dont les lourdes pièces étaient cachées un peu partout dans ses vêtements, l'avait armé puis l'avait dissimulé en l'enfonçant dans la poubelle du chariot de nettoyage.

L'adrénaline se dispersant dans tout son corps, il sortit des toilettes et se dirigea d'un pas à la lenteur contrôlée vers les caisses à l'entrée. Il repéra un des Yougos qui convergeait vers lui, casquette et lunettes de soleil vissées sur la tête. Sous son grand imperméable de cuir façon Matrix se cachait un attirail digne d'une petite armée.

Alors qu'une employée passait le badge qu'elle avait en pendentif autour du cou devant un lecteur magnétique, Tofé pressa le pas et se précipita sur elle, la forçant à entrer dans l'arrière-salle en la poussant avec son chariot. Elle étouffa un petit cri, mais il était déjà trop tard : le gitan avait dégainé et le Yougo arrivait derrière lui, fusil à pompe en main.

— Personne ne bouge ! cria Tofé.

Tout le monde leva les mains en l'air et seul le bruit des compteurs de billets brisa alors le silence de sa douce mécanique qui sentait bon le pognon.

— Je veux tout le monde sur le qui-vive ! Benacer est entré il y a quelques minutes. Au moindre mouvement suspect, on tape ! dit la commandante à ses équipes.

Le lieutenant Aymeric Chopin tourna son visage vers elle.

— Des mois d'enquête qui aboutissent, ça fait du bien !

— N'allez pas nous foutre la poisse, lieutenant ! Il faut d'abord les prendre en flag et surtout sans qu'aucun civil soit blessé.

— Pardon, commandante. À dire vrai, je suis un peu nerveux. Je sais pas si c'est le café ou cette opération, dit Chopin en baissant le regard.

— Ressaisissez-vous, ça va pas tarder à mon avis. Je vous veux à deux cents pour cent de vos capacités, c'est compris ?

— Affirmatif, commandante !

Il avait tonné ça comme un cri de guerre, tel un Comanche prêt à lancer l'assaut sur les Visages pâles de la vallée depuis le haut de sa colline.

— Ouvre le coffre ! hurla le gitan.

La jeune femme fondit en larmes puis se résigna à composer les premiers chiffres de la combinaison.

— Magne-toi !

Un peu plus loin, sac poubelle dans une main, fusil à pompe dans l'autre, le grand Yougoslave tenait en joue un employé du casino et lui faisait remplir le contenant en plastique avec des liasses de billets. Il savait que le plus gros du magot se trouvait dans le coffre-fort, mais il n'y avait pas de petit profit. Ce léger excès de zèle leur vaudrait tout de même un bel arc-en-ciel de talbins multicolores pour un pécule de dizaines de milliers d'euros à vue de nez.

En à peine quelques minutes, les deux malfrats étaient chargés de trois sacs poubelle blindés à craquer représentant un beau butin d'un bon demi-million d'euros. Ils se foutaient royalement que des employés zélés aient réussi à enclencher une quelconque alarme. À peine la police aurait-elle eu le temps de dire ouf qu'ils seraient déjà dans leurs bolides, fonçant sur l'autoroute du retour.

Dès leur sortie de l'arrière-salle, le Yougo lança une grenade fumigène au milieu des machines à sous. Plus pour la frime que pour autre chose, mais la propagation rapide de fumée qui succéda à l'explosion fit son petit effet. L'instant de surprise pris en considération, ça leur laissait largement de quoi traverser le parterre du casino jusqu'à l'entrée principale avant que quiconque réalise ce qui était en train de se tramer devant ses yeux.

Pour le folklore, Tofé l'incorrigible tira une courte salve en visant le plafond. Les détonations firent immédiatement taire les plus téméraires.

~

— Qu'est-ce qu'il fout, bordel ?

Décidément, le lieutenant n'arriverait jamais à se faire à la façon de parler de sa supérieure. Il se demanda si elle jurait comme ça aussi au lit, mais écarta cette pensée le plus vite qu'il put.

Van Deren grogna dans le talkie-walkie :

— Ça dit quoi chez vous, Ropert ?

Des grésillements puis une réponse :

— R.A.S.

— OK, maintenez vos positions. Chopin et moi, on va tenter une approche.

Le lieutenant écarquilla les yeux.

— On risque de tout faire foirer si on se pointe, non ? dit-il.

— Foutez une casquette. Moi, je prends mes solaires et on entre dans le casino par les deux portes opposées. On communiquera en visuel.

— Euh... À vos ordres, commandante.

Les deux flics sortirent de leur voiture de surveillance, vérifièrent leur flingue et progressèrent en direction du casino comme deux loups échappés de leur meute. Les cœurs battaient la chamade, les moustaches suaient – pas chez tout le monde – et les poils à la base du cou se hérissaient.

Chopin était passé par l'entrée de gauche et Van Deren par celle de droite. À l'intérieur, les bruits feutrés des jetons glissant sur les tables de poker et ceux métalliques des pièces des machines à sous accueillirent les deux policiers.

Ropert avait raison, pensa Van Deren. Jusque-là, R.A.S. Rien à signaler.

Elle aperçut son lieutenant du coin de l'œil, qui lui faisait des gestes discrets en direction du fond de la salle. Là-bas, tranquillement assis face à un tas substantiel de jetons, Mustapha Benacer jouait au blackjack.

Alors qu'elle s'approchait furtivement de sa cible, son téléphone vibra à plusieurs reprises dans sa poche.

Agacée, elle s'éclipsa dans un petit couloir sur sa droite et décrocha :

— Qu'est-ce qu'il y a ? siffla-t-elle entre ses dents.

L'écran avait affiché le numéro de Ropert.

— Y'a du nouveau, commandante.

— Accouchez !

— Le casino de Cannes vient d'être tapé. Un de nos gars est blessé. Rien de grave, mais les types se sont tirés avec une bonne partie du pognon. Je viens juste d'avoir l'info par une des sentinelles que vous aviez placées là-bas « au cas où ». Tout s'est passé hyper vite, ils sont touj...

Elle avait déjà raccroché. Les yeux injectés de sang et les mâchoires contractées par la seule force de la rage, elle jaillit de sa cachette de fortune, bifurqua sur sa gauche en direction de la sortie et fit un grand geste à Aymeric Chopin.

Ça voulait dire : « Ramène ton cul, on se tire d'ici, on s'est fait pigeonner comme des bleus ».

Des flics bleus, ça leur allait si bien.

Les chaînes d'information en continu avaient fait mention du braquage du casino de Cannes. N'ayant rien à se mettre sous la dent au niveau politique, on avait dépêché des envoyés spéciaux sur les lieux du crime, histoire de faire dans le sensationnel. Selon la chaîne regardée, le butin était tantôt de 400 000 euros, tantôt de 600 000 euros. Dans les deux cas, Romeo s'était dit que Benacer avait eu ce qu'il désirait et qu'il pourrait enfin lui lâcher la grappe. Il ne restait plus qu'à récupérer Léo et tout reviendrait à la normale.

Romeo avait passé la journée avec le portable laissé par Mustapha serré au plus près de sa cuisse à travers sa poche de jean. Il ne vibra que tard dans la nuit, après la fermeture du Shakespeare.

— Allô ? dit fébrilement Romeo en décrochant.

— Rejoins-moi au parc de la Visitation, derrière le théâtre gallo-romain, dit Benacer.

— Je sais où c'est, répondit sèchement Romeo.

— Alors, ramène-toi dans une heure, sous les arcades.

Benacer raccrocha.

Romeo était bon pour se taper une balade dans Lyon *by night*, à l'heure où les loups sortent du bois. Il aurait pu se croire dans sa vie d'avant, une vie faite de rendez-vous à point d'heure, de braquages de banques, d'excès de vitesse et de visions d'avenir qui n'excédaient pas les six mois. Comme dans sa vie d'avant, Romeo décida de ne pas se déplacer sans sécurité. Il s'engagea dans le couloir qui joignait la chambre au salon et déchaussa une latte branlante du parquet. Dans une cache connue de lui seul se trouvaient un calibre et une enveloppe en papier kraft contenant une dizaine de milliers d'euros en cas de coup dur. Il laissa le fric et s'empara du flingue. On ne savait jamais ce qui pouvait se passer à trois plombes du mat' dans un parc sans lumière.

Le crissement de ses pas sur les petits graviers commençait à agacer Romeo, aussi se dirigea-t-il vers les arcades de l'ancien cloître en passant par les bandes herbeuses qui longeaient le chemin caillouteux.

Au loin, il vit clignoter une petite lampe. Sûrement Benacer qui lui faisait un signe discret de s'approcher. Romeo avait de plus en plus l'impression de se jeter dans la gueule du loup, d'autant plus que là où il espérait apercevoir au moins deux silhouettes de forme humaine, il n'en vit qu'une. Léo n'était pas là.

Les battements de son cœur s'accélérèrent et la sensation de froid procurée par le métal de son arme le rassura.

Arrivé à quelques mètres de l'ombre, il reconnut Mustapha Benacer.

— Elle est où ? aboya-t-il en guise de salutation.

— Du calme, Brigante. Elle va bien.

— Benacer, il est plus de 3 h du matin, s'il te plaît,

ne joue pas avec mes nerfs. Amène-moi la gamine, qu'on puisse tous aller pioncer.

— Attends, attends !

Il avait levé les bras au ciel en exagérant son jeu comme dans une mauvaise comédie de boulevard.

— Il y a une dernière chose, dit Benacer.

— Tu as eu ce que tu voulais, non ? J'ai vu aux infos que le braquage du casino de Cannes avait réussi.

— C'est vrai. En partie...

Romeo souffla. Ce petit con allait lui faire perdre son sang-froid légendaire. Il en avait croisé, dans sa vie, des loufiats comme lui, mais aussi têtus, jamais. L'Italien ne souhaitait qu'une chose : que son interlocuteur ne pousse pas le bouchon trop loin. Il serait ensuite contraint de reprendre ses mauvaises habitudes et personne ne voulait ça.

Alors qu'il attendait que Benacer lui donne des explications, Romeo effleura la protubérance au niveau de sa ceinture et sentit la crosse de son flingue. *Joue pas au con, mec.*

— On a perdu du fric, Brigante. Mes collègues ont dû abandonner un gros sac plein de flouze dans l'action.

— Qu'est-ce que tu veux que ça me foute ? rétorqua Romeo. C'est votre problème, ça. J'ai rempli ma part du contrat, remplis la tienne et rends-moi ma fille.

L'Italien serrait les dents.

— Tout s'était passé comme sur des roulettes

quand mes gars sont tombés sur une patrouille à la sortie du casino. Ils se sont fait canarder, un condé a pris une salve de *shotgun*[1] dans le buffet et un de mes hommes a dû lâcher une partie du magot.

— Je me répète, Benacer, qu'est-ce que tu veux que ça me foute ?

— Tu pourrais être plus compatissant, y'avait près de 200 000 euros dans ce sac, t'aurais pas dit la même chose à l'époque !

— L'époque, laisse-la où elle est. Je veux que tu me rendes ma fille et on sera quittes. D'abord, tu entres dans ma vie comme on entre dans un moulin, tu me mêles à tes histoires et résultat, toi et moi, on a les flics au cul. En souvenir du bon vieux temps et comme un dernier service à Tony Perez, je t'ai trouvé une solution pour que tu réussisses ton casse. Les flics n'y ont vu que du feu ; maintenant, on arrête les frais.

Benacer, qui jusque-là fanfaronnait, durcit quelque peu son ton :

— Brigante. Les flics, c'est ton problème, OK ? C'est vers toi qu'ils ont été attirés comme des mouches vers une bouse. S'ils n'étaient pas au courant qu'on allait taper le casino de Cannes, pourquoi y avait-il une patrouille en planque sur le parking ?

— T'es idiot ou t'es idiot, Benacer ? Si les condés étaient au courant de la diversion, ils t'auraient cueilli, toi, et tes complices avant même que tu puisses mettre un euro dans un sac. Réfléchis !

Benacer fronça les sourcils et Romeo se demanda s'il réfléchissait vraiment ou s'il était simplement en proie à une colère graduelle.

— Franchement, Brigante, tout ce que je sais, c'est que cette pétasse de Van Deren est venue te voir avec ses sbires et que dès le lendemain, y'avait des caméras planquées partout dans ton rade. Je sais pas si t'en pinces pour elle, je sais pas quel deal t'as signé avec les keufs, mais moi j'ai perdu 200 000 balles et je compte pas m'asseoir dessus.

— Qu'est-ce que tu veux ?

— 200 000 euros en cash et après ça, je disparais de ta vie.

Une bulle de colère explosa dans le crâne de Romeo. Il aurait aimé broyer Benacer avec la seule force de ses mains. Acculé, il fit ce que font tous les voyous en proie à une rage incontrôlable : il dégaina.

Surpris par l'audace du geste, Benacer écarquilla les yeux et leva immédiatement les bras en l'air.

— Putain, Brigante ! Qu'est-ce que tu fous ?

La conversation prenait un nouveau tournant. La question était de savoir de quel côté du flingue on se trouvait. Benacer se tenait du mauvais.

— Amène-moi Léo et c'est seulement à ce moment-là qu'on sera quittes ! grogna Romeo entre ses dents.

Benacer n'eut pas besoin de répondre, car dans la poche de Romeo, le téléphone laissé chez lui par le malfrat vibra à plusieurs reprises.

— Décroche, Brigante. C'est pour toi, dit Mustapha sereinement.

Romeo fit changer son flingue de main et fouilla le fond de sa poche.

— Allô ? dit-il le portable collé contre son oreille.

— Romeo ? C'est Léo.

La douce voix de sa fille faillit lui voler une larme.

— Je vais bien, t'inquiète pas. Fais ce qu'ils te disent, l'avait-elle supplié avant de raccrocher.

Romeo contracta les muscles de sa mâchoire encore plus fort, à s'en faire péter les chicots. S'il faisait la même chose sur la gâchette de son pistolet, le cerveau de Benacer s'éparpillerait dans l'air en milliers de morceaux avant de tomber au sol et de servir de petit dej' aux corbacs.

Confiant et arrogant, le beur se permit de relancer le dialogue.

— Elle va bien. Maintenant, calme-toi, baisse cette arme et écoute-moi bien. J'estime que c'est par ta faute que j'ai un trou de vingt plaques dans ma caisse, alors tu vas payer ta dette et ta fille te sera restituée. Je te donne deux jours. Je te fais confiance, je sais que tu vas trouver la thune : tu as de la ressource, mon vieux.

Il fit une pause alors que Romeo baissait le canon de son arme.

— Ne tarde pas, Brigante. J'ai des gars qui l'aiment bien, ta gamine, et son petit cul ne va pas les dissuader de passer à l'action, je pourrai pas les retenir indéfiniment.

— Si j'apprends que la paluche d'un seul de tes gars a effleuré le moindre centimètre carré de peau de Léo, je te promets une fin de vie des plus douloureuses et mon fantôme viendra hanter l'esprit de tes proches jusqu'à ce qu'ils se suicident tous.

— Ramène-moi le fric, je te ramène ta fille. Garde le portable, tu recevras un texto avec le numéro à contacter quand ce sera bon.

Benacer avait reculé, lentement, laissant l'obscurité l'envelopper complètement. Seul le bruit de ses pas dans les graviers attestait encore de sa présence. Il avait abandonné Romeo à son propre sort.

9

— Cannes ? Putain, Cannes !

La commandante Van Deren faisait les cent pas derrière son bureau telle une lionne en cage. Elle était furax. Aymeric Chopin, son lieutenant, restait assis face à elle, impuissant, attendant simplement qu'elle daigne se calmer.

Après avoir tapé du poing plusieurs fois sur son bureau, elle finit par s'asseoir dans un râle de frustration.

— J'arrive pas à le croire. On s'est fait berner comme des débutants ! Et ce Benacer qui vient nous narguer au casino d'Aix-en-Provence !

— Ça prouve qu'ils étaient au courant pour les caméras, tenta Chopin.

— Ça prouve rien du tout, mon pauvre Aymeric, rien !

— On peut inculper Brigante pour complicité et mettre Benacer en examen, ce serait déjà un début.

— Un début, oui, celui des emmerdes. Vous êtes bien naïf, Chopin. Je vous en veux pas, vous êtes jeune. Je vais vous faire le topo, ouvrez bien grand vos esgourdes. Du côté de Benacer, on pourra rien faire. N'importe quel avocat nous dira que c'est un homme libre qui a le droit d'aller se balader à Aix-en-Provence et de jouer au casino quand il veut.

— Alors qu'on a des enregistrements vidéo et sonores qui le montrent avec sa bande – vraisemblablement les types qui sont allés braquer le casino de Cannes d'ailleurs – en train de fomenter un casse ? C'est pas possible, commandante !

— Les vidéos, on peut se les mettre ou je pense ! dit-elle en soufflant.

Un langage digne d'une commandante…

— On prend le premier juge d'instruction qui passe et il nous signe tout ce qu'on veut avec ça. C'est quoi, le problème ? Je comprends pas, dit Chopin en fronçant les sourcils.

Van Deren fit une pause. Son regard se perdait dans le vide. Quelque chose clochait.

— Commandante ?

Sofia ferma les yeux longuement puis reprit calmement :

— On pourra rien en tirer. Aucun juge n'a autorisé la pose des mouchards, dit-elle, presque triste.

Furieux, le lieutenant Chopin se leva d'un bond.

— Quoi ? cria-t-il. Vous êtes sérieuse ?

La commandante toléra son ton insubordonné et le pria de se rasseoir.

— Écoutez, vous êtes arrivé il y a quelques jours, mais en ce qui me concerne, ça fait des années que je cherche à coffrer Benacer et sa bande ! Tout le monde me prend pour une folle qui s'acharne sur un cheval mort. Plus aucun juge ne me suit sur le sujet depuis des mois, il fallait bien que j'accélère les choses par moi-même. La preuve que mon intuition était bonne puisque sans cette entourloupe, Benacer serait au trou à l'heure qu'il est.

Aymeric enfonça sa tête dans ses mains et se massa les tempes pour digérer l'information.

— OK, dit-il, dépité. Et pour Brigante, on fait quoi alors ? Il a clairement violé sa conditionnelle, non ? Si Benacer et ses complices ont réussi à faire diversion, c'est bien qu'il leur a balancé des infos !

— Balancé quoi ? Une surveillance techniquement illégale ?

Le soupir du lieutenant en disait long. Mine de rien, Van Deren les avait tous mis dans la merde en voulant la jouer solo. Ils allaient se retrouver à faire la circulation près du parc de la Tête d'or en moins de deux.

— Si on ne chope pas les malfrats responsables du casse de Cannes dans les quarante-huit heures, on peut dire adieu à notre carrière.

Aymeric Chopin se voyait déjà avec un gilet jaune fluo, des gants blancs et dans sa main, un petit panneau stop.

— On doit cuisiner Brigante, c'est notre seul espoir, dit le lieutenant.

— Vous croyez que je vous ai attendu ? Il est convoqué ce matin.

Comme si les étoiles – de shérif – s'étaient alignées au moment où elle terminait sa phrase, le capitaine Ropert fit irruption dans le bureau sans frapper et annonça que Romeo Brigante s'était présenté à l'accueil. À voir sa mine déconfite, Chopin comprit que son collègue était déjà au courant de toute l'histoire. L'était-il depuis le début ?

Vers 6 h du matin, deux flics avaient frappé à la porte de chez Romeo. Ils étaient venus le cueillir à l'heure légale, mais au lieu d'être surpris en plein sommeil – comme la plupart des bandits à cette heure impossible – lui était levé, douché et prêt pour aller bosser.

Au Shakespeare, les pochetrons du matin allaient devoir attendre leur petit ballon de blanc : Brigante était coincé chez les condés comme dans un vieux souvenir d'il y avait quinze ans.

Il avait attendu des heures dans une salle d'attente miteuse à se ronger les sangs en pensant à Léo et à la bande de crasseux qui la retenait prisonnière. Il savait exactement comment régler cette affaire, mais, une fois de plus, la police le retardait.

Un des deux sbires de la commandante Van Deren passa devant Romeo, lui jeta un coup d'œil et emprunta un long couloir attenant à la salle d'attente. Deux minutes plus tard, un brigadier à l'uniforme mal ajusté lui dit d'une voix robotique que sa supérieure l'attendait dans le dernier bureau au fond du couloir.

— Asseyez-vous, monsieur Brigante, lui dit Van Deren en lui montrant une chaise de la main.

— Vous ne me tutoyez plus ? ironisa-t-il.

— On est chez moi ici, on respecte le protocole.

Romeo lui aurait bien balancé que lui aussi il aurait pu respecter son propre protocole en la voyant débarquer chez lui avec ses deux acolytes et qu'elle aurait moins fait la maligne, mais il se ravisa. Un nouveau Brigante se tenait assis devant elle, un Brigante qui devait expédier cette audition et récupérer au plus vite Léo des griffes de Benacer.

— On a eu un petit souci avec notre accord, commença Sofia.

— C'est-à-dire ?

— Je pense que vous êtes déjà au courant, mais je vais vous rafraîchir la mémoire. Benacer et sa bande avaient fait des plans pour taper le casino d'Aix-en-Provence, mais il s'est avéré que c'était en fait une diversion pour nous éloigner de celui de Cannes, leur véritable cible.

— En quoi ça me concerne ?

Sur une échelle d'un à dix, l'irritabilité de Van Deren se situait autour de onze. Elle devait se contenir pour ne pas lui asséner une gifle humiliante, là, au beau milieu de son bureau.

— Je te conseille de pas trop faire le malin, je te rappelle qu'on a ta trogne en son et lumière sur nos écrans.

Le tutoiement était de retour. Elle avait les nerfs. Mais Romeo savait qu'il pouvait avoir le dessus.

— Écoutez, j'ai joué le jeu comme vous m'avez demandé de le faire. Benacer est venu faire sa réunion pré-casse dans mon bar. Je vous apprends rien, vous avez les images. En signe de bonne foi, je suis même allé jusqu'à enregistrer toute la conversation, comme dans les films ! Il voulait que je le conseille, c'est ce que j'ai fait. Je ne sais pas si c'était une violation de ma conditionnelle, mais vous devez comprendre qu'il aurait trouvé ça louche que je ne veuille pas parler, vous ne croyez pas ?

Il les menait en bateau, pensait Van Deren. S'il découvrait que les caméras étaient illégales, c'était foutu.

— C'est effectivement une violation de ta conditionnelle. Rien qu'avec ça, je peux te renvoyer au ballon pour cinq ans de plus. Ce que je veux savoir, c'est comment Benacer a réussi à nous berner à ce point.

Toujours le tutoiement.

— J'aurais bien une réponse...

— Joue pas au con, Brigante. Tu sais très bien qu'ils sont allés taper le casino de Cannes. Aix n'était qu'une diversion. Quelqu'un les a prévenus, et cette personne, ça ne peut être que toi.

— Vous voulez savoir un truc, commandante ?

— J'attends que ça.

— Tous les bandits bien préparés ont un plan B.

— Brigante ! Me la fais pas à l'envers ! Benacer est venu spécialement te demander de lui filer la main sur le casse d'Aix, c'est là qu'il devait opérer, a priori. À moins que toute cette réunion n'ait été qu'une gigantesque mascarade, un écran de fumée destiné à nous diriger vers une fausse piste pour être tranquille du côté de Cannes ?

— Vous me l'apprenez.

Elle frappa violemment sur son bureau, faisant sursauter stylos et tasses de café vides.

— Brigante ! Bordel ! Tu veux retourner en taule ?

Les voyous connaissent bien les flics et leurs procédures. Romeo venait de déceler le petit grain de sable dans le rouage. En temps normal, il aurait suffi à la commandante de lui dire l'heure et de lui annoncer sa mise en garde à vue, mais elle ne l'avait pas fait. Il ne pouvait y avoir qu'une seule raison à ça : les caméras posées dans son bar n'avaient pas eu l'aval d'un juge d'instruction. Par conséquent, tout ce qui avait été enregistré était totalement irrecevable. Romeo buvait du petit lait. Il avait pensé quelques secondes à la faire tourner en bourrique, mais il préféra jouer les vierges effarouchées et plaider non coupable jusqu'à ce qu'elle le libère. Plus tôt il serait sorti, plus tôt il réglerait le problème Benacer.

— Je vous le répète, reprit Romeo, tous les voyous dignes de ce nom ont un plan B. Le leur, c'était sûrement Cannes. C'est ce qui me paraît le plus logique.

— Et pourquoi ils t'auraient tiré les vers du nez à ce point au sujet du casino d'Aix-en-Provence pour finir par jeter leur dévolu sur celui de Cannes, alors ? Ça tient pas debout.

— À mon avis, tous les secrets du casino de Cannes étaient connus par la bande, c'est la seule explication. Ils avaient juste besoin de mes lumières au sujet d'Aix et je les leur ai données sous l'œil de vos caméras. J'ai pas triché.

Van Deren se trouvait à présent dans une impasse. La défense de Brigante était parfaite : se décharger de tout sous prétexte qu'il était filmé vingt-quatre heures sur vingt-quatre, qu'il le savait et que s'il s'était compromis devant les caméras, il brisait de fait sa conditionnelle. Il n'y avait pas meilleure preuve qu'il était bel et bien du côté de la police.

Van Deren et Brigante se regardaient dans le blanc des yeux. Le silence régnait en maître dans le bureau. Il en profita pour asséner un dernier coup.

— Il est probable que vous ayez commis une erreur. Benacer s'est visiblement rendu compte qu'il était surveillé et il a préféré jouer la sécurité en enclenchant son plan B.

Et c'est pour ça qu'il est venu nous narguer à Aix-en-Provence ? pensa Van Deren. Mais elle ne voulait pas donner ce plaisir à Brigante en lui révélant cette info – qu'il devait quoi qu'il en soit déjà connaître.

La commandante toisa l'Italien pendant de longues secondes, soupira et brisa le silence :

— Je t'annonce que la surveillance sur ta

personne est désormais accrue à tel point que si tu fais le moindre écart, si tu chies là où on t'a dit de pisser, tu pars direct en taule sans empocher vingt mille. T'as intérêt à te tenir à carreau.

Romeo aurait bien eu deux ou trois répliques à lui servir, mais il se ravisa et préféra sortir du bureau en homme libre. Van Deren n'avait vraisemblablement pas l'ombre d'une preuve contre lui, sinon il aurait déjà pointé en taule. Pareil pour cette histoire de surveillance : du bidon. Brigante reniflait le bluff comme un cochon truffier : la commandante était pieds et poings liés. Elle avait dû s'acharner sur le cas Benacer pendant trop longtemps pour avoir l'aval de sa direction et les moyens de ses ambitions. Il avait fait sa part du marché, avec les flics comme avec les voyous. Restait plus qu'à trouver vingt briques pour Benacer et récupérer sa fille sans faire de vagues.

Deux cent mille euros, ça ne se dégotait pas en tapant dans une poubelle, mais Romeo savait exactement où se procurer cette somme. Léo serait bientôt à ses côtés.

10

L e casse du siècle, qu'ils avaient dit. Trois casinos du sud de la France, le même jour. Une opération menée d'une main de maître par Romeo Brigante et Antoine Perez, les deux cerveaux de l'entreprise.

Fin décembre 2001, la France – comme onze autres de ses pays confrères – s'apprêtait à troquer sa monnaie nationale contre une monnaie unique : l'euro. Les billets étaient prêts depuis 1999, mais ils n'allaient entrer en circulation qu'au 1er janvier 2002. C'est à ce moment-là que Romeo sut qu'il y avait un coup à jouer. En grand spécialiste des casinos, rien de plus simple pour lui que de préparer un plan afin de subtiliser cette nouvelle monnaie fraîchement sortie des presses.

Jusqu'au 31 décembre, les clients allaient payer en francs et, après les douze coups de minuit et quelques verres de champagne, ils pourraient ressortir des casinos avec un mal de crâne et les poches remplies d'euros – ou vides. Toute cette thune, il fallait bien qu'elle soit quelque part, en attendant d'être injectée sur le marché.

Une grosse partie ne le verrait pas, ce fameux marché, car Romeo et ses acolytes allaient ponctionner leur part dans cet énorme butin. Brigante s'en était tiré avec la modique somme de 650 000 euros en talbins tout neufs. Dans la foulée, il avait aussi écopé de quinze ans de taule, mais l'histoire ne s'arrêtait pas là.

Avant de croupir entre quatre murs d'une cellule, Romeo, qui n'avait pas plus confiance en cette nouvelle monnaie qu'en un junkie qui aide une petite vieille à traverser la route, avait eu la bonne idée de planquer son argent dans un pays stable et neutre : la Suisse. C'était pas loin, les paysages étaient magnifiques et les gens étaient respectueux. Respectueux du secret bancaire surtout. Avec un acte de vente de propriété contrefait – pour expliquer la provenance de l'argent – et une grosse mallette de cash, les Suisses avaient également été très respectueux de leur nouveau client.

Des potes avocats – véreux – lui avaient expliqué que le secret bancaire était au-dessus de Dieu chez les Helvètes et qu'il n'y avait pas meilleur pays pour planquer de l'oseille. D'autres avocats – moins véreux – l'avaient quand même mis en garde au sujet de cette pratique, car ce fameux secret bancaire pouvait néanmoins être levé en cas de soupçons de banditisme. Aïe. C'était là que ça tiquait. Des ministres cachaient des dessous de table obtenus pour diverses faveurs en toute impunité, mais pour les braqueurs de casinos, c'était pas tout à fait la même limonade au pays du chocolat.

Qu'à cela ne tienne, Romeo, pourtant assigné à résidence les quelques jours avant son procès, avait su déjouer la vigilance des gendarmes pour une sortie du territoire en toute discrétion et avait réussi à déposer son magot en Suisse avant d'aller pointer au commissariat puis de passer un peu plus d'une décennie derrière les barreaux.

L'argent ayant sagement dormi tout ce temps. Romeo s'était précipité en Suisse dès sa sortie de prison et avait retiré petit à petit son pécule en liquide. Il s'était tapé quelques allers-retours entre Lyon et Genève, une goutte de sueur froide sur la tempe à chaque passage de frontière. C'est ainsi que les quelques 650 000 euros changés en francs suisses, plus intérêts, étaient devenus une somme rondelette : 1 127 333 euros pour être précis. La magie des fluctuations du marché et de l'inflation !

Les différentes perquisitions et les interrogatoires infructueux n'ayant pas permis de retrouver l'ombre d'un euro appartenant au magot à l'époque, tous les yeux restaient braqués sur Romeo. Le moindre achat devenait suspect, mais Brigante possédait une qualité indispensable à la longévité des plus grands bandits : la patience. Ni les flics ni son ancien boss de l'époque, Tony Perez, n'avaient jamais rien su. L'Italien n'avait pas touché un centime de son butin durement gagné. Il savait qu'il allait déclencher toutes les alarmes du pays s'il s'achetait ne serait-ce qu'une paire de pompes un peu classes. Quand il avait ouvert son bar, il avait pioché une petite centaine de milliers d'euros qu'il avait filée à un ami pour qu'il fasse office d'homme de paille. Une fois encore, la source de l'argent était intraçable.

En dehors du Shakespeare, pas un kopek n'était sorti de son trésor de guerre. Le magot dormait bien sagement dans une cachette connue de lui seul.

Romeo extirpa de sa poche un boîtier magnétique et le remua devant un capteur. Une lourde porte métallique se souleva lentement dans un bruit de pistons et de rouages. Par réflexe, il jeta un rapide coup d'œil derrière son épaule et s'enfonça dans l'obscurité d'un immense parking qui plongeait dans les entrailles du sous-sol lyonnais.

Il avait vu juste au sujet de Van Deren et de ses histoires de surveillance « accrue » : que dalle. Il connaissait bien les techniques anti-filature, mais n'avait même pas eu besoin de les utiliser puisque personne n'était à ses basques à part un petit camion-bétonnière qui l'avait vaguement suivi pendant un temps. Les flics ne conduisent pas des engins de chantier pour filer des suspects. Ils devraient pourtant, pensa-t-il, c'est le meilleur moyen de n'éveiller aucun soupçon. Mais ils ne le font pas. Affaire réglée.

Au deuxième sous-sol, le box numéro 217 l'attendait, silencieux. À l'intérieur, un joyau de technologie allemande dormait bien sagement entre quatre murs de béton, à l'instar de son propriétaire quelques années auparavant dans une maison d'arrêt.

Une BMW 535 injection de 1984. Une merveille gris métallisé. Son moteur de six cylindres en ligne alimenté par douze soupapes ronronnait comme au premier jour, fier de ses deux cent quinze agressifs chevaux.

Cette fois-ci, il n'aurait pas le temps de s'octroyer le luxe d'une petite balade sportive avec l'engin, il était venu pour du sérieux, et c'était pas souvent. Il ouvrit le coffre et l'odeur caractéristique de l'habitacle lui offrit une agréable madeleine de Proust.

Sous la roue de secours, une petite trappe dissimulée ouvrait un compartiment secret. Son petit coffre-fort à lui, sa petite banque suisse personnelle. 1 075 882 euros. Du lourd. Mais on ne jouait pas, il allait devoir ponctionner deux cent mille de son pactole pour récupérer une gamine qui prétendait être sa fille. À ce moment-là, il se foutait de savoir si c'était vrai ou pas, une pauvre adolescente était prise au piège des sales griffes de malfrats de seconde zone et il avait un devoir à accomplir : l'en sortir.

Il fourra l'argent dans une enveloppe de papier kraft et ferma le coffre. Qu'on se le dise, il n'y a que dans les films que les sommes rondelettes en cash prennent des valises entières. Dans la vraie vie, deux cent mille euros ne représentent que quatre cents billets de cinq cents euros. Pas tellement plus gros qu'un bon livre de poche. Une véritable petite brique de papier sans odeur, pas de quoi bourrer un sac de sport ou encombrer une mallette.

De retour chez lui, Romeo posa la rançon au milieu de la table de la cuisine, face à lui, prit une grande bouffée d'oxygène et appela Benacer à l'aide du télé-phone portable qu'il lui avait laissé.

— Allô ?

— ...

— J'ai ton fric.

Mustapha ouvrit la porte de la cave sur une Éléonore assise en tailleur au milieu d'un vieux matelas jeté au sol qui lui servait de lit. Lorsque Benacer aperçut le téléphone portable avec lequel elle était en train de faire on ne sait quoi, il se jeta sur elle, lui arracha l'appareil des mains et hurla à l'attention de ses sbires :

— Putain, mais qu'est-ce qu'elle fout avec un portable ?!

Plancher grinçant et bruits de pas précédèrent l'apparition de Tofé en haut des marches de l'escalier.

— Panique pas ! On a enlevé la carte SIM, elle peut rien faire. Tu sais bien que les gosses de nos jours ont dix mille jeux sur leur téléphone ! C'est pour pas qu'elle s'ennuie.

Benacer approcha le smartphone de son visage, scruta l'écran rempli de bonbons et de fruits de toutes les couleurs qui semblaient constituer une sorte d'empilement dont il ne comprenait pas l'intérêt. Il jeta le téléphone sur le matelas.

— On va pas tarder à bouger, dit-il en s'adressant à Léo, ton *padre* a réuni l'oseille.

Elle était déjà au courant, elle les avait entendus parler de la rançon. Léo n'aurait jamais cru que Romeo serait allé jusqu'à trouver une somme pareille dans le seul but de sauver une adolescente dont il n'était même pas certain de la paternité.

Quand Benacer lui avait annoncé la fin de sa captivité, son cœur s'était emballé pour deux raisons. La première : son père ne l'avait pas abandonnée, et même devant une situation si grave, il n'avait pas renoncé et avait trouvé une solution. La seconde : elle allait quitter ce trou à rats et sauver ses miches. Le gitan et un des deux Yougos commençaient sérieusement à être trop tactiles. Ils la dégoûtaient. Quand ils l'avaient kidnappée chez Brigante, ils n'avaient pas hésité à faire glisser furtivement leurs mains sales sur ses attributs de jeune fille. À chaque fois qu'ils la changeaient de pièce et qu'ils devaient la ligoter de nouveau, ils s'en donnaient à cœur joie. Leurs regards de pervers la déshabillaient sans arrêt, à croire que ces deux cons n'avaient jamais trempé leur biscuit. Pas étonnant, n'empêche, s'ils restaient planqués dans cette baraque pourrie à longueur d'année. À quoi bon récupérer des deux cent mille euros par-ci et des deux cent mille euros par-là si c'était pour rester ici et se toucher la nouille ? Leur toute petite nouille. Leur coquillette.

C'était une question d'heures désormais. Tofé pouvait bien lui frôler le nichon quand il l'allongerait sur la banquette arrière de leur caisse miteuse qui sentait la pisse de chat, elle allait revoir son père et ça, ça effacerait tous les mauvais souvenirs.

Dans ses rêves les plus fous, elle voyait Romeo débarquer dans le taudis où Benacer et sa bande se planquaient, équipé d'une batte de baseball pour fracasser le crâne de tout le monde. Parfois, elle l'imaginait avec un fusil à pompe ; c'était même allé jusqu'à une tronçonneuse. Dans ce genre de cas extrêmes, les films d'horreur qu'elle avait vus l'aidaient à bien visualiser la chose. Quand il s'agissait d'imaginer une bonne scène de vengeance sanglante, rien de mieux que d'avoir vu un bon Rob Zombie[1].

Sa captivité allait prendre fin, Benacer lui donnait déjà des instructions :

— Lève-toi, mets les mains dans ton dos et retourne-toi, on te ramène à ton papa.

11

Le rendez-vous avait été donné sur une des rives du lac du parc de Miribel, sous le pont de l'autoroute. Glauquissime. Romeo était familier des techniques de brigands et il savait pourquoi ce trou du cul de Benacer avait choisi cet endroit. C'était calme, isolé des regards et surtout, si les choses viraient chocolat, de multiples issues étaient accessibles en quelques secondes. L'A42 filait à l'est vers l'Ain, l'A46 montait vers le nord et la Bourgogne, l'E15 reliait deux autoroutes du sud et enfin, un retour rapide sur le périphérique de Lyon était également possible.

Le seul qui n'avait pas le choix dans cette affaire, c'était bien lui.

Il attendait depuis une vingtaine de minutes, l'enveloppe kraft sur le siège passager, quand il vit deux points lumineux apparaître au loin. L'allure du véhicule était lente. Le conducteur actionna les pleins phares et Brigante, incommodé, dut plisser les yeux.

La voiture s'arrêta à quelques mètres de lui et il entendit des portières claquer. Il attrapa la rançon et s'extirpa de la sienne.

Dans la lumière crue des phares se découpaient les silhouettes de Léo et de Benacer. Non loin derrière, un de ses gars avait une main à l'intérieur de la veste, l'air de dire qu'il avait de quoi mettre un terme au débat si l'échange tournait au vinaigre.

— T'as le pognon ? lança Benacer sans même un bonjour.

Brigante brandit l'enveloppe que la lumière blanche entoura d'un halo froid.

— Tout est là-dedans.

— Balance !

— Laisse partir la fille d'abord.

Benacer lâcha un petit rire de hyène.

— On n'est pas dans un film, Brigante. Tiens, tu peux l'avoir, ta fille, si tu veux.

Il poussa vigoureusement Léo qui se rua dans les bras de son Romeo.

L'odeur de ses cheveux lui provoqua un frisson de bonheur et de soulagement. Il la serra un peu plus fort avant de lancer l'enveloppe à Benacer.

Celui-ci la tendit à Tofé qui avait fait un pas pour se rapprocher de son patron.

— Vérifie le contenu.

Romeo murmura à Léo d'aller se mettre dans la voiture, ce qu'elle fit en hâte.

— C'est bon, y'a le compte, dit le gitan.

Mustapha écarta les bras.

— OK, Brigante. On est quittes. Je dois avouer que ton plan de diversion a bien marché. J'ai pris de gros risques en faisant confiance à un type qui flirtait avec les flics de trop près, mais on a réussi le casse. Le petit trou dans la caisse qu'on avait vient d'être comblé. C'est à mon tour de l'être, comblé. Ciao, Brigante. Et je te dis pas *a la prossima volta.*[1]

Quand Romeo fut de retour dans l'habitacle de sa voiture, Léo sur le siège passager, il agrippa le volant et expira longuement comme pour laisser échapper toute la tension accumulée depuis le kidnapping. Il se tourna vers sa fille, lut dans son regard que ses ravisseurs n'avaient pas franchi l'infranchissable et il lui offrit son plus beau sourire. Celui d'un père.

Avant de démarrer, il s'enfonça dans son siège, bascula la tête en arrière et leva les yeux vers le plafonnier. *Tout ça est bien trop facile*, pensa-t-il.

La veille, Romeo n'avait pas osé parler. Sûrement par pudeur, ou par peur qu'il ne soit finalement arrivé des choses à Léo pendant sa captivité, qu'un simple regard n'aurait pas su déchiffrer. Pour combler cette absence de dialogue, Brigante s'était levé tôt et avait dévalisé la première boulangerie ouverte.

L'esprit encore embrumé, Léo sortit de la chambre et découvrit les montagnes de pains au chocolat et de croissants qui trônaient sur la table de la cuisine, ainsi qu'un petit mot manuscrit de Romeo.

Sa grasse matinée l'avait conduite à faire le tour de l'horloge. Elle avait même cru à un moment qu'elle allait se réveiller sur le matelas pourri de la planque de Benacer. Il n'en avait rien été, son père l'avait sauvée. Elle engloutit son copieux petit déjeuner, se prélassa sous une douche presque brûlante et descendit dans les rues du vieux Lyon en direction du Shakespeare.

Le début d'après-midi était agréable et un léger vent contrecarrait les attaques de feu du soleil qui régnait en maître dans un ciel sans nuages.

Quand il vit débarquer Léo, Romeo esquissa le plus grand des sourires. On aurait dit que sa fille descendait l'allée centrale de l'église pour son mariage.

— Coucou, lança-t-elle. Je suis la nouvelle serveuse.

Son sourire était radieux, elle avait dû apprécier les viennoiseries. Et le fait d'être en liberté aussi, sûrement.

Elle déplaça un tabouret et s'accouda au comptoir. Romeo se plaça en face d'elle. Plus rien désormais ne comptait autour d'eux que le bonheur de pouvoir se regarder vivre.

— Merci pour les croissants !

— Et les pains au chocolat, rétorqua Romeo.

— Je t'en ai laissé plein, je préfère les croissants, dit-elle en esquissant un sourire qui fit apparaître une fossette sur sa joue droite.

Une pause.

— Je suis content de te savoir avec moi, ici, relança Brigante.

— Moi aussi.

Nouvelle pause.

— Tu sais, ils ne m'ont pas... Si c'est ça que tu veux savoir.

En guise de réponse, Romeo s'avança et enlaça Léo. Fort. Trop fort ?

— N'en parlons plus, dit-il.

— Ah bon ? Je pensais que tu voulais les retrouver et les faire payer !

— Évidemment que j'ai envie de les faire payer, mais crois-moi, il ne faut pas toujours écouter aveuglément son instinct. Parfois, il faut attendre et frapper quand personne ne s'y attend.

— Ah ! T'as un plan, alors ?

— J'ai quelques pistes, oui, mais n'en parlons plus, d'accord ?

Léo sembla déçue.

— Y'a quelque chose qui ne va pas ? demanda Romeo.

— Non, c'est pas ça. C'est juste que je pensais que tu voulais les retrouver, alors j'ai voulu t'aider.

Romeo secoua la tête en signe d'incompréhension.

— J'ai peur de ne pas tout saisir, là.

— Je pensais qu'à un moment donné, tu voudrais savoir où ils se planquent, alors j'ai caché mon téléphone portable dans la banquette arrière de leur bagnole.

Il ne put s'empêcher de sourire à pleines dents.

— T'es incroyable, Léo ! Tu as coupé le son, j'espère ?

Elle rit.

— Évidemment ! Tu m'as prise pour qui ?

— Ces idiots t'avaient laissé ton téléphone portable ? s'interrogea Brigante.

— Oui. Mais ils avaient enlevé la carte SIM.

— Et on retrace comment, la position d'un téléphone sans carte SIM, tu m'expliques ?

— Je me suis toujours demandé si t'étais trop vieux pour ce genre de choses et je vois bien que oui.

La petite avait de la répartie. Les chiens ne font pas des chats.

— OK, je t'écoute ? répliqua Romeo en fronçant les sourcils.

— Pas besoin de la carte SIM pour tracer un téléphone. Il suffit de la puce GPS, et celle-là, crois-moi, impossible de l'enlever à moins de bousiller le portable. Y'a même une appli exprès pour ça. Si t'as un ordi, je te montrerai ; tu verras, c'est un vrai truc d'espion.

Romeo se dit qu'il n'aurait jamais pu faire ce qu'il avait fait à l'époque si de telles technologies avaient alors existé. On ne pouvait plus faire un pas sans que quelqu'un quelque part dans le monde puisse le savoir. C'était flippant. Parfois, Romeo se disait qu'il avait plus de liberté en prison qu'à l'extérieur, dans un monde où la technologie numérique avait mis un mouchard au cul de chaque citoyen.

Les pensées de Romeo tourbillonnaient dans son cerveau comme son linge dans la machine en mode essorage. Léo aurait pu parler, on aurait pu lui commander une boisson qu'il n'aurait pas bronché. Il cogitait dur. Un détail le chiffonnait, mais ses neurones et ses synapses n'avaient pas encore tracé le chemin jusqu'à la solution.

Téléphone portable.

Mouchard.

Putain.

Merde.

Le sol parut se dérober sous ses pieds quand il identifia l'erreur qu'il avait commise. Léo lui avait demandé si ça allait, mais il n'avait pas pu répondre, trop occupé à retracer chaque seconde de sa journée de la veille. *Tout ça était bien trop facile.* Il le savait, il l'avait toujours su.

Il se dit qu'il avait perdu la main, qu'il avait baissé

sa garde, qu'il n'avait pas bien fait attention à tous les détails. Putain. Merde.

Il repensa à son erreur et ça lui fila la nausée.

Romeo Brigante, un des plus grands bandits de ce siècle, venait de faire la plus grosse connerie de toute sa vie.

12

À la DIPJ de Lyon, la salle de détente portait mal son nom. Un néon qui grésillait sans arrêt, une machine à café dans laquelle le gobelet restait coincé une fois sur deux, déversant le liquide salvateur directement dans la petite grille de trop-plein, et, pour couronner le tout, les vieilles chaises autour de la table au plateau usé vous filaient un mal de dos carabiné.

C'était pourtant le seul endroit où Aymeric Chopin, en proie au doute, avait trouvé refuge. Accoudé à la table, un café fumant devant lui – il avait eu de la chance avec le gobelet cette fois –, il se massait les tempes comme pour faire disparaître un mal de crâne qu'il sentait poindre au loin.

Le capitaine Ropert arriva en renfort et prit place à côté de son collègue.

— Ça va, Aymeric ?

Le lieutenant fit durer le massage quelques secondes de plus puis tourna lentement le visage en direction de son supérieur.

— Ouais, ça va, merci.

— On dirait pas. Si t'arrives à trouver de la sérénité dans cette salle, c'est que ça va pas.

Chopin esquissa le début d'un sourire.

— Je suis crevé.

— C'est cette histoire avec Benacer qui te turlupine ? tenta Frédéric.

— J'aime bien ce mot, turlupine.

— Moi aussi, répondit-il en souriant.

— Ouais, j'ai un peu de mal avec le déroulement des opérations, on va dire.

Le lieutenant reprit sa position initiale et revint à son massage crânien.

— Te formalise pas. Benacer, c'est un gros morceau, il faut du temps.

— On l'avait, là, sous nos yeux, on avait juste à le cueillir. Je comprends pas.

— Tu veux que je te fasse une confidence ? Moi aussi, au début, j'étais comme toi. Ma première véritable affaire : un viol. On chope le type et pour nous, y'a pas photo. Le mec est pas très loquace, alors on lui en fait chier un peu, histoire qu'il crache le morceau. On dépasse sa garde à vue, son avocat s'en rend très vite compte, vice de procédure, le mec est relâché. Deux jours plus tard, la petite nana – qui était sa cousine, au passage – retire sa plainte.

Rideau. Circulez, y'a rien à voir. Dans un cas sur trois, ça se passe comme ça.

— Raison de plus !

— Raison de plus pour quoi ? demanda Frédéric Ropert en fronçant les sourcils.

— Raison de plus pour respecter la procédure. C'est comme ça qu'on se fait niquer, c'est comme ça que des violeurs sont relâchés et que des Benacer volent des casinos.

— Parce que tu penses que lorsque la procédure est respectée, tout se passe comme sur des roulettes ? Tu rêves, mon pauvre ! C'est pareil !

Il avait laissé Léo en charge du bar pendant son absence. Son cœur battait à tout rompre, la connerie était plus grosse que lui. À près de cinquante piges, fallait pas s'étonner qu'il baisse la garde, mais tout n'était pas vain. Son intuition demandait à être confirmée, c'est alors qu'il se précipita dans la rue menant à sa voiture.

L'atmosphère suffocante de l'habitacle n'était en rien responsable des gouttes qui perlaient sur son front et à la base de son cou, mais ça remettait une couche de désagréable à la situation.

Le volant encaissa plusieurs salves de coups de poing puis le moteur démarra. À chaque feu rouge, la carcasse métallique du véhicule étouffait les centaines d'injures que Romeo beuglait à s'en briser les cordes vocales. De toute façon, il n'arriverait jamais assez vite à destination.

Dix fois de suite, il refit le film dans sa tête et dix fois il pesta contre lui-même. Son garage n'était plus très loin et, bien qu'il ait abandonné tout espoir depuis plusieurs kilomètres déjà, il priait tous les dieux – en lesquels il n'avait jamais cru – de s'être trompé.

Badge. Bip. Porte qui se soulève. L'appréhension.

Son garage lui faisait face et, à l'intérieur, toutes les réponses aux questions qui lui torturaient le ciboulot depuis le retour de Léo. Les secondes duraient une éternité, tout se déroula en apnée.

Devant lui, quatre murs de béton. Toujours ces quatre putain de murs qui lui collaient au cul depuis plus d'une décennie, et au milieu, rien. En lieu et place d'une BM de collection au coffre rempli d'un pactole : rien. Presque rien. Pour seul témoin de la présence d'un trésor de guerre aujourd'hui pillé par l'ennemi, une vieille tache d'huile.

Son assurance vie, sa cassette d'Harpagon, son bas de laine en or massif, son plan épargne coup dur... Envolé.

Le téléphone portable que lui avait laissé Benacer pour le joindre avait joué le rôle de GPS. Destination : le magot du rital. Option : éviter les routes à péage.

Avec cette erreur de débutant, Romeo avait l'impression d'avoir directement dessiné une carte au trésor pour accommoder Benacer, qui n'avait plus qu'à se servir dans la caisse sans demander son reste. Il avait même piqué la bagnole. Le fait qu'un abruti de son espèce puisse mettre en œuvre un plan aussi bien ficelé le dépassait, mais il y avait plus urgent : il fallait se démerder pour retrouver l'oseille. Sans le savoir, Léo avait eu la même idée que son ravisseur : placer un mouchard dans sa bagnole pour aider son père à la venger. Elle ne pouvait pas non plus deviner que Romeo aurait une seconde raison de vouloir corriger ce petit insolent de Mustapha Benacer. Plus de temps à perdre, le rital enfonçait déjà la pédale des gaz direction le Shakespeare.

— On ferme ! gueula Brigante en traversant la salle principale du bar.

Les habitués grognèrent dans leur barbe, mais ces derniers jours, les fermetures intempestives, ils s'y étaient faits.

L'image de sa fille en train de faire reluire le zinc à l'aide d'un torchon adoucit quelque peu les ardeurs de Romeo, mais son sang ne cessait de claquer dans ses tempes.

— Qu'est-ce qui va pas ? T'as pas l'air dans ton assiette, se risqua Léo.

— Rien ne va ! Rien !

Il raccompagna les derniers clients vers la sortie tout en affichant un sourire forcé.

— Ton truc pour tracer les téléphones portables, on peut le faire tout de suite ?

— Euh... Oui. Il suffit d'un ordinateur.

— OK, on ferme et on rentre à l'appart !

— J'ai une fournée de verres dans le lave-vaisselle, je...

— T'inquiète pas pour eux, ils seront encore là demain. Allez, pose ton torchon et rapplique.

Loin devant, Romeo marchait au pas de course. Léo luttait pour suivre ; il faisait si chaud. Arrivé à l'appartement, Brigante se rua dans la petite pièce qui lui servait de bureau et empoigna un ordinateur portable qu'il déposa violemment sur la table du salon, écartant au préalable le reste des pains au chocolat.

Léo n'aimait pas qu'on la presse, mais n'osa pas moufter quand son père lui demanda à plusieurs reprises d'accélérer la cadence.

Nerveuse, elle téléchargea l'application, entra ses données d'identification, et quelques minutes plus tard, un point bleu clignotant indiquait à quelques mètres près la position de son téléphone sur une carte.

Fascinant, selon Romeo ; normal, selon sa fille.

— Fais un zoom arrière que je voie où c'est, lui demanda-t-il.

Elle s'exécuta.

— C'est dans la cambrousse, à Yzeron. Y'a que

des fermes par là-bas, c'est sûrement là qu'ils planquent.

— Qu'est-ce que tu vas faire, maintenant ? dit-elle en levant les yeux vers son père.

— Je vais y aller.

Vous pouviez vous en douter, l'existence d'un treizième chapitre dans ce roman pourrait porter malheur à Romeo Brigante qui fuit ce nombre comme la peste.

Soyons sérieux et oublions ce fâcheux chapitre pour passer au suivant...

14

Il aurait fallu agir dans l'urgence, mais Romeo laissa passer la nuit. Paraît-il qu'elle porte conseil. Les dents serrées par la rage, il aurait voulu se précipiter dans la planque de Benacer et fumer tout le monde, mais une certaine forme de sagesse avait fait son petit bonhomme de chemin dans la personnalité de l'ex-taulard.

Très vite, un plan s'était dessiné dans son esprit et il avait aussitôt appelé Van Deren à la DIPJ de Lyon. Elle avait accepté sa proposition : un rendez-vous, en terrain neutre, caméras sur off.

Romeo sirotait un Perrier tranche depuis un bon quart d'heure en terrasse d'un bar du 1er arrondissement quand il vit débarquer la commandante, chevelure lâchée et lunettes de soleil. Il faillit ne pas la reconnaître dans sa petite robe noire, perchée sur des escarpins vernis. Elle s'approcha de la table, se laissa tomber sur la chaise et, dans un grand soupir, ôta ses chaussures en hâte. Ne prêtant presque pas attention à Romeo, elle extirpa de son sac une paire de Converse qu'elle enfila. Dans ses yeux pleins d'extase se lisait du soulagement.

— Te formalise pas pour l'accoutrement, Brigante, j'étais à un mariage.

— En noir ?

— Le mariage de mon ex, un petit clin d'œil à notre passé ensemble.

Elle héla un serveur et commanda un café.

— C'est mon jour de congé, poursuivit-elle, t'as intérêt à ne pas me faire perdre mon temps.

Elle déposa ses lunettes de soleil devant elle, exhibant des yeux d'un bleu hypnotique. Perplexe, Romeo fronça les sourcils. Où était passée la commandante directive aux gestes masculins et aux méthodes musclées ? Il se surprit à admirer son visage avant d'ouvrir la bouche :

— J'ai quelque chose pour vous. C'est du lourd, mais va falloir qu'on travaille ensemble.

Elle plissa les yeux. Romeo remarqua de petites taches de rousseur sur ses pommettes qui semblaient être apparues en même temps que la robe.

— Je t'écoute.

Le garçon déposa le café sur la table.

— Je peux vous servir Benacer sur un plateau.

Le pouls de la flic s'accéléra d'un coup, mais son

visage resta impassible. Elle aurait fait une très bonne joueuse de poker.

— Je sais où il se planque, continua-t-il. Je pense que là où il est, toutes les preuves pouvant l'inculper sur l'affaire du casse du casino de Cannes sont encore présentes.

Van Deren but une gorgée puis reposa la tasse doucement.

— Mais ? Il y a toujours un *mais* avec vous, non ?

— Vous ? Les tauliers de bar, vous voulez dire ?

Elle ne releva pas et laissa Romeo reprendre :

— J'ai besoin de vingt-quatre heures à partir de maintenant. Vingt-quatre heures où votre service et vous allez devoir regarder ailleurs. Vingt-quatre heures où vous me laissez tranquille, où vous ne bronchez pas. Après ça, je vous promets que vous aurez de quoi foutre Benacer au vert pendant un long moment.

Sofia ne répondit pas immédiatement. Elle fronça les sourcils et tourna le visage pour regarder l'horizon, offrant à Romeo son meilleur profil. S'il n'avait pas été suspendu à ses lèvres en attendant sa réponse, il l'aurait bien invitée à dîner. La flic et le voyou, quel cliché !

Après quelques secondes, elle se tourna vers Romeo et plongea son regard azur dans le sien.

— C'est non, Brigante. On ne négocie pas avec la loi.

Les escarpins déjà au fond de son sac, elle se leva

et quitta la terrasse sans un au revoir ni même avoir réglé son café.

~

L'horloge de la préfecture indiquait 14 h. Le bâtiment ressemblait à s'y méprendre à celui de la mairie du 2ᵉ dans lequel elle avait assisté à l'union civile de son ex et de sa nouvelle pouf, quelques heures plus tôt. Le préfet du département lui avait donné rendez-vous à la dernière minute dans ses bureaux. Elle avait protesté que c'était son jour de congé, mais l'urgence de la situation semblait outrepasser le privilège. En clair, le préfet s'en foutait. Congé ou pas, Van Deren devait se présenter devant lui après le déjeuner sous peine de sanctions. Ça sentait déjà le roussi.

Quand la secrétaire la pria d'entrer, la petite robe noire et les Converse firent leur effet. Était-ce l'association des deux styles ou bien sa silhouette soulignée par le tissu moulant ?

— Commandante, vous êtes sur votre 31 ! s'exclama le magistrat.

— Vous m'avez fait venir pour discuter mode ?

— Ah, Van Deren, ce petit ton piquant ne vous a donc jamais quittée !

Sofia n'attendit pas l'autorisation du préfet et prit place sur une des deux chaises faisant face au bureau.

— Commandante, avez-vous la moindre idée de

la raison pour laquelle je vous ai fait venir aujourd'hui ?

— Après la mode, les devinettes...

— Je vais vous éclairer. Votre petite escapade dans le sud m'a été rapportée et il se trouve que les résultats ne sont pas ceux escomptés, me trompé-je ?

— Nous avions mis une surveillance sur plusieurs casinos ; malheureusement, le gros de nos effectifs n'était pas au bon endroit.

— Diriez-vous que vous avez joué de malchance ?

La question avait tout du sarcasme.

— Nous avons fait selon les éléments que nous avions en notre possession ; notre intuition était bonne, nous avons été induits en erreur.

— C'est toujours en rapport avec un certain (il baissa les yeux sur un dossier ouvert devant lui) Mustapha Benacer, c'est ça ?

Question rhétorique, il connaissait déjà la réponse. Sofia le laissa continuer :

— Je vous avais pourtant prévenue la dernière fois, n'est-ce pas ? Je vous avais bien dit que votre obsession au sujet de Benacer vous écartait des affaires les plus importantes. Vous ne m'avez pas écouté et aujourd'hui, à une époque où les moyens sont plus que jamais limités, vous continuez à dilapider l'argent du contribuable en suivant des tuyaux percés !

La voix du préfet s'était élevée, son ton durci.

— Monsieur, mes hommes ont pu récupérer près

de 200 000 euros dans l'intervention et nous avons désormais des preuves solides qui vont nous permettre de mettre Benacer et sa bande derrière les barreaux pour un long moment.

— Arrêtez les frais, Van Deren. C'est un ordre ! Je ne veux plus entendre parler de ce Benacer ou de quoi que ce soit ayant un rapport de près ou de loin avec lui. Je vous laisse vingt-quatre heures pour régler vos affaires courantes et faciliter le transfert de vos dossiers à vos collègues, à la suite de quoi, je vous suspends pour une durée de trois mois.

La sentence était tombée comme un coup de massue. Sofia avait encaissé comme elle avait pu. Déboussolée, elle avait bien tenté de contester, mais ses mots se transformaient inexorablement en une bouillie verbale inaudible.

— Prenez ça comme trois mois de vacances bien méritées, commandante. Je connais vos états de service, ils sont bons, vous avez juste besoin d'un léger recadrage. Allez, prenez l'air, allez vous mettre au vert pendant trois mois et à votre retour, tout sera oublié.

Le préfet ferma le dossier et en saisit un autre, beaucoup plus épais. La tête légèrement baissée, le regard figé sur sa lecture, il fit un geste de la main semblant indiquer que la séance était levée et que Sofia pouvait regagner la sortie. La flic s'exécuta en silence.

À l'intérieur, son sang bouillait.

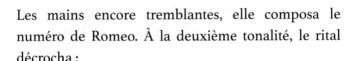

Les mains encore tremblantes, elle composa le numéro de Romeo. À la deuxième tonalité, le rital décrocha :

— Oui ?

— C'est Van Deren. T'as exactement douze heures pour faire ce que tu as à faire. Passé ce délai, je veux savoir où se planque Benacer, c'est compris ?

Elle ne put pas le voir, mais Romeo avait esquissé un petit rictus.

— OK.

Douze heures pour Brigante, vingt-quatre pour Van Deren, ces putain d'étoiles avaient intérêt à s'aligner.

15

Vers minuit, Romeo avait vérifié pour la dixième fois le signal du téléphone de Léo. Toujours au même endroit, une planque dans un patelin de cambrousse à quelque trente bornes à l'ouest de Lyon. Il y avait eu du mouvement plus tôt dans la soirée : à peine quelques kilomètres, sûrement pour aller chercher à bouffer. La bonne nouvelle, c'était qu'ils n'avaient pas repéré le téléphone coincé dans l'interstice de la banquette arrière de leur véhicule. Le petit point bleu n'avait pas bougé d'un iota depuis plusieurs heures, il y avait fort à parier qu'ils allaient rester bien sagement dans leur planque, au moins pour la nuit.

Les sonneries stridentes du réveil de Romeo l'extirpèrent d'un sommeil sans rêves. 4 h du mat. Ni trop tôt ni trop tard. 4 h, l'heure parfaite pour faire irruption chez son pire ennemi. Une heure interdite aux flics qui étaient obligés d'attendre deux heures de plus. 4 h du mat, l'heure des bandits.

Quelques heures avant, en pleine nuit, Romeo avait entendu du bruit, comme si quelqu'un traficotait la porte d'entrée. Puisqu'il n'arrivait pas vraiment à dormir, il s'était levé et avait vérifié la chose à l'aide de son flingue. Il avait plaqué son oreille contre le panneau de bois, mais la seule réponse à son inquiétude avait été le silence de la cage d'escalier. Avant de retourner se coucher, il avait doucement entrouvert la chambre et observé Léo qui dormait, emmitouflée dans la couette malgré la chaleur de cette nuit d'été. Bientôt, elle serait vengée.

La voiture de Romeo filait vers l'ouest, empruntant départementale après départementale. Un vrai itinéraire de bandit, pensa-t-il. Il avait entrouvert les fenêtres pour humer la campagne endormie pendant son trajet. Son flingue siégeait à la place du mort, attendant sagement son heure.

Il avait roulé bien plus vite que la vitesse autorisée, aussi arriva-t-il à destination moins d'une demi-heure après être parti. Au bout de la route, un chemin de terre partait sur la gauche en pente douce jusqu'à un ensemble de trois bâtisses délabrées constituant une sorte de corps de ferme lugubre.

Romeo coupa d'abord les phares, continua à rouler lentement sur quelques mètres puis stoppa le moteur. La nuit enveloppait tout de son épais manteau et il lui était impossible de se repérer. Il ferma les yeux pour accélérer son accoutumance à l'obscurité et lorsque ses pupilles furent suffisamment dilatées, il aperçut sa destination. Une petite maison de pierres dont le toit avait cessé de se battre contre les intempéries et s'était affaissé de tout son poids. On aurait dit qu'un pachyderme s'était assis sur les tuiles autrefois rouges de la bâtisse.

Flingue en avant, Romeo abaissa la poignée de l'entrée au ralenti. Lorsque le pêne glissa sans effort et que la porte s'entrouvrit, son pouls s'accéléra et une salve de sang chaud vint lui rosir les joues.

Dans une pièce du fond, ça ronflait sévère et Romeo se demanda à combien ils s'y étaient mis pour réussir un tel tapage. D'après ce que lui avait dit Léo, il y avait Benacer et trois sbires, mais seulement deux avaient l'air d'être restés crécher dans cette planque : le gitan et un des deux Yougos. Les ronfleurs venaient d'être identifiés. Romeo fouilla dans sa veste et en extirpa une petite lampe de poche. Désormais à l'intérieur, il avait tout le loisir de s'en servir. Il pointa le faisceau vers la poignée de la porte devant lui, reprit son souffle et entra.

Après les premiers grincements, personne ne broncha, mais lorsque le parquet craqua sous le poids de Romeo, l'un des deux gusses – le plus bronzé des deux – remua la tête. Le bruit l'avait visiblement réveillé et lorsqu'il ouvrit les yeux pour savoir ce qui se passait, Brigante braqua la lampe sur son visage, ce qui ne manqua pas de les lui faire fermer aussi sec.

— Hey ! cria-t-il, réveillant l'autre, plus costaud.

Au pied du mur, Romeo frappa d'un grand coup de crosse le crâne du crieur et se retourna vers celui qui devait être le Yougoslave, l'éblouissant à son tour avec sa lampe de poche.

— Bouge pas ! lança Romeo d'un ton autoritaire.

Il fit un pas de côté et glissa sa main le long du pan de mur jouxtant l'entrée. Il actionna l'interrupteur et la pièce s'illumina. Les deux plissèrent les yeux, mais ne manquèrent pas de remarquer le flingue. Le Yougo, bien élevé, leva les mains en l'air. Le rital se déplaça latéralement de façon à les avoir tous les deux dans son champ de vision. Une tache rouge commençait à maculer le coussin du gitan, toujours sonné. Romeo se demanda à un moment s'il ne l'avait pas tué. Une décharge d'adrénaline parcourut son corps.

Il enfonça la main dans une poche de sa veste et en sortit des colliers de serrage en plastique.

— Mets-toi à genoux, ordonna-t-il au Yougo.

Il avait parlé sans crier, ne sachant toujours pas si les deux gonzes qu'il avait devant lui étaient les seuls hôtes de la baraque. Il jetait des regards furtifs vers la porte d'entrée pour être prêt à toute éventualité et pesta contre lui-même de ne pas l'avoir fermée.

Le Yougo était à genoux au sol à côté de son lit et avait placé ses mains dans le dos. Il avait déjà tout compris, sûrement à la vue des colliers de serrage.

Alors que le gitan donnait quelques signes de vie en se tortillant lentement, Romeo s'approcha prudemment de son second prisonnier. Il ligota ses mains à l'aide de deux colliers et serra aussi fort qu'il put.

— Allonge-toi.

Le Yougo se mit à plat ventre. Romeo rabattit ses jambes et entrava ses chevilles. Deux colliers également : on n'était jamais trop sûr. Un dernier pour lier les mains aux pieds et le tour était joué. La position était ridicule, mais diablement efficace !

Romeo s'occupa du gitan qui, à moitié dans le coaltar, ne lui posa pas de difficultés. Après avoir bâillonné les deux sbires, il entreprit d'inspecter le reste de la planque. Si quelqu'un d'autre avait dû se trouver là, il y avait gros à parier que le raffut de Romeo l'aurait rameuté.

Au bout d'une dizaine de minutes, le rital, son flingue et sa lampe de poche avaient fait le tour de toutes les pièces que comportait la planque. Il avait eu un haut-le-cœur en inspectant la cave, se remémorant le récit de Léo qui lui avait expliqué qu'elle avait été détenue dans cet endroit sale et humide.

Convaincu d'être désormais seul, Romeo s'autorisa à allumer la pièce principale. Il retourna dans la chambre et fit glisser le Yougo – non sans mal – jusque dans le salon. Une vieille table et trois chaises en bois constituaient le seul mobilier. Romeo en saisit une et s'assit juste au-dessus de son prisonnier. La façon dont il l'avait ligoté ne lui laissait d'autre choix que de mordre la poussière.

Romeo ôta le bâillon et commença son interrogatoire.

— Vous m'avez volé de la thune, je veux savoir où elle est.

Pas de réponse.

Romeo colla le canon froid de son flingue contre le crâne du Yougo pour lui rafraîchir la mémoire.

— Sais pas.

Ça commençait mal.

— Dépêche-toi, j'ai pas toute la nuit, le pressa Romeo.

Le Yougo n'était manifestement pas loquace. Brigante lui asséna un coup de crosse sur l'arrière du crâne. Il avait vu les dégâts qu'il avait occasionnés la première fois, aussi eut-il la main plus légère.

Le molosse étouffa un cri de douleur, mais ne jacta pas.

Romeo répéta la question à plusieurs reprises et, en l'absence de réponse, il dut se résigner à passer à l'étape supérieure.

Il fit le tour du corps désarticulé et se pencha pour saisir une des mains toujours entravées du Yougo. Sans sommation, il lui cassa le petit doigt. Le bruit des phalanges se fracturant fut inattendu ; celui qui suivit, beaucoup moins.

Le molosse hurla à en faire trembler les murs. Il jura dans sa langue natale, laissant Romeo insensible à la chose.

Il répéta sa demande à plusieurs reprises, mais le Yougo ne bavait qu'en jargon de l'est, ce qui accéléra sa prise de décision : il fallait lui casser un autre doigt. Mais avant d'avoir le plaisir malsain d'entendre une nouvelle fois ce son si particulier d'un os qui se brise, Romeo perçut du bruit venant de la chambre. Entre les insultes yougoslaves et les cris de douleur, il distingua la voix du gitan. Il semblait parler tout seul.

Romeo fit irruption dans la pièce et comprit enfin ce qui se tramait. Le bougre avait réussi à se glisser hors du lit et, dans une contorsion digne des plus grands acrobates du Cirque du Soleil, il avait saisi son téléphone portable et avait simplement activé les commandes vocales. À travers son bâillon, le smartphone avait pourtant compris : « Siri, appelle Mustapha ».

Romeo se jeta sur le téléphone et l'approcha de son oreille :

— *Allô ? Allô ? Tofé ? Qu'est-ce qu'il y a ?*

Les yeux rouges de rage, Brigante fracassa l'appareil contre le mur d'en face. Il poussa un cri néandertalien.

— Ah ! Vous faites les malins ? OK. La partie est lancée !

Mû par la colère, il empoigna le gitan et le fit glisser jusqu'à la cave. Il répéta l'opération avec plus de difficultés pour le Yougo. Les deux avaient hurlé lorsque leur menton avait heurté les marches

menant au sous-sol et quand leur torse s'était égra-
tigné sur le sol rugueux de la pièce aveugle.

Les minutes étaient désormais comptées. Il aurait
parié son bar que Benacer allait se pointer d'une
minute à l'autre ; restait à savoir combien de temps il
avait pour se préparer à son arrivée.

Romeo sortit de la planque en trombe, descendit
le petit chemin terreux et déplaça sa voiture jusqu'à
l'arrière de la maison. De retour à l'intérieur, il lui
vint soudain une idée.

Il descendit précipitamment dans la cave et
secoua ses prisonniers.

— Vous avez pas des armes, ici ?

Pas un ne répondit.

Il asséna un coup de pied dans l'entrejambes de
Tofé. Celui-ci couina comme un petit caniche à qui
on vient de marcher sur la patte.

— J'sais pas ! beugla-t-il.

— Tu sais vraiment pas grand-chose, toi. Bon,
bah, je vais demander à ton collègue.

Il fit un pas de côté.

— Réponds-moi, le Serbe, vous avez des armes,
ici ?

Français ou yougoslave, son grognement ne
constituait pas une réponse suffisante pour Romeo.

Il s'agenouilla et empoigna les mains du molosse.

— Je vais encore devoir te péter un doigt !

— Pompe ! Y'a un pompe ! lâcha-t-il enfin.

— Où ça ?

Après un nouveau grognement, il répondit :

— Sous le lit.

Romeo monta les marches quatre à quatre et quelques secondes plus tard, il se retrouva allongé par terre, scrutant sous le pajot du Yougo. Il avait dit vrai : un beau fusil à pompe entièrement noir dormait bien sagement à côté de quelques boîtes de cartouches.

— Bienvenue chez toi, Benacer, chuchota Romeo pour lui-même.

Il avait déplacé la table et deux des chaises pour dégager l'entrée, et s'était assis à quelques mètres de la porte. Le pompe pointé en avant, Romeo s'imaginait viser au niveau de la tête de celui qui ferait son apparition dans la planque.

Il luttait contre le sommeil depuis une bonne demi-heure quand il entendit le crissement des cailloux au bout du chemin. Peu après, les faisceaux de deux phares transpercèrent l'intimité lugubre de la planque, le métal du fusil brilla discrètement.

Frein à main. Arrêt du moteur. Silence. Ouverture de portière. Fermeture de portière. Bruits de pas. Ouverture de porte.

Avant que Benacer ait le temps de trouver l'interrupteur, Romeo braqua le faisceau de sa lampe sur le visage de l'intrus. Il plissa les yeux et couvrit son regard du revers de la main en un geste réflexe.

Une énorme déflagration retentit dans la pièce. Après que des morceaux de plâtre se furent détachés du plafond, les oreilles des deux acteurs de la scène sifflèrent.

Romeo avait visé en l'air et Benacer s'était immédiatement jeté au sol. Le rital le tenait désormais en joue avec son fusil et sa lampe.

— Tu m'as pris pour qui, Benacer ?

— C'est qui ?

Le faisceau l'éblouissait et Romeo ne voulait pas faire durer la surprise. Il recula et alluma la pièce. Quand les yeux de Mustapha se furent accommodés à ce changement brusque de luminosité, il esquissa un léger rictus.

— Lève-toi, prends une chaise et assieds-toi gentiment en face de moi. On va discuter, amorça Romeo.

Benacer se leva lentement, épousseta les quelques débris de plâtre qui encombraient sa chemise et pointa une chaise du doigt. Romeo hocha la tête, validant sa requête muette.

Benacer revint au centre de la pièce avec de quoi s'asseoir et se figea.

— Pose ton cul, dit Romeo en accompagnant sa phrase d'un geste du fusil à pompe.

Toujours sans parler, Mustapha saisit le dossier de la chaise, plia les genoux dans l'intention de s'asseoir, mais, dans un élan d'immense inconscience ou de courage incommensurable, il l'envoya valdinguer sur Romeo qui, surpris, brandit l'avant-bras gauche pour parer l'attaque.

Ce fut bien assez à Benacer pour lui permettre de faire demi-tour et fuir.

Oubliant la douleur, Romeo se jeta en avant à la poursuite de son ennemi, tirant une première salve de plombs au jugé, criblant la porte de trous.

Quand Romeo sortit la tête pour inspecter l'extérieur, la tire de Benacer dérapait déjà au milieu du chemin. Cette fois-ci, hors de question de le laisser filer. Il se précipita derrière la baraque et sauta dans sa voiture. Sa portière n'était pas encore complètement fermée qu'il était à fond de deuxième, au cul de Mustapha.

Les deux petites taches rouges à l'arrière de sa caisse se faisaient de plus en plus grandes ; Romeo se rapprochait. La conduite du fuyard était musclée et il se surprit à prier pour qu'il n'y ait pas d'autres automobilistes sur la voie d'en face. Passé 4 h du mat' en pleine cambrousse, il y avait peu de risques, mais les lève-tôt allaient bientôt se lancer sur la route du boulot.

La voiture de Benacer accéléra de plus belle sur la départementale 489. Ça zigzaguait sévère, à en rendre le plat de la veille. Les pneus crissaient dans les virages, déchirant la nuit de leurs sons stridents.

Alors que Benacer ralentissait à l'entrée d'un village, Romeo tenta une approche audacieuse et enfonça la pédale d'accélérateur. Le parechoc de sa bagnole vint emboutir l'arrière de la voiture, qui survira sous l'impact, laissant penser que Mustapha avait perdu le contrôle. Pourtant, à la sortie de la minuscule agglomération, il tira le frein à main et dérapa à quatre-vingt-dix degrés sur la droite en direction de Chaponost.

Surpris, Romeo perdit un peu de temps à faire son virage de dernière minute, mais sa voiture, plus puissante, se retrouva vite aux trousses de Mustapha. Son cœur battait à tout rompre ; il s'était lancé tête baissée dans une entreprise dont il n'avait aucune idée de l'issue. Une seule chose était certaine : il avait la rage. S'il ne desserrait pas les mâchoires vite, il allait se faire exploser toutes les molaires.

La route vers Chaponost s'avéra beaucoup plus rapide. Seul le passage par Brindas fut dangereux. Le soleil allait pointer le bout de son nez et les villes et les villages alentour s'éveilleraient doucement. La pire configuration pour une course poursuite entre deux bagnoles lancées à plus de cent vingt kilomètres-heure. Il fallait en finir au plus vite.

Romeo se rappela soudain le chemin qui menait vers Lyon depuis la petite bourgade de Chaponost : une descente de la colline en zigzags à en faire pâlir une route de montagne. C'était là que Brigante devait jouer son va-tout.

Le premier virage lui servit à jauger les risques, le deuxième à tenter une première approche, mais le troisième vit sa tentative échouer à cause d'une voiture remontant en sens inverse. À cette heure-là, sûrement un boulanger ou un fêtard bredouille.

Alors qu'au bout du quatrième virage, la route plongeait sous un étroit tunnel percé dans la roche, Romeo rétrograda soudainement pour avoir plus de puissance et visa le coin arrière gauche de la caisse du fuyard.

Il percuta la voiture de Mustapha et un pneu éclata. Le véhicule vint taper la paroi droite du tunnel dans une glissade digne des plus grands films d'action. Bruits de tôle. Crissements de gomme contre goudron. Puis le saut dans le vide.

La voiture de Benacer avait dérapé à vive allure jusqu'à la barrière sécurisant la sortie du tunnel, qui vola en éclats dans un froissement de métal projetant des étincelles partout autour. Le véhicule semblait avoir été happé par la vallée.

Romeo reprit le contrôle de sa voiture et se gara en hâte sur le bas-côté. Lorsqu'il sortit, il entendit des cris. Des cris aigus. Comme ceux d'un petit animal. On tambourinait sur de la tôle avec hystérie, l'ensemble des sons formant une cacophonie arythmique et étrange. Puis Romeo comprit ce qui se passait.

Il fit le tour de sa voiture et ouvrit le coffre. En pleurs, Léo martelait encore le vide de ses petits poings serrés. Le cœur de Romeo se souleva.

— Qu'est-ce que tu fous là, putain ?!

Ses yeux étaient rouges de rage. Ou de fatigue.

Léo cacha son visage dans ses mains et termina de pleurer. C'étaient les larmes de quelqu'un qui s'est fait une grosse frayeur, pas ceux d'une petite fille qui a fait une grosse bêtise. Pourtant, la connerie était énorme.

Romeo se remémora rapidement les bruits qu'il avait entendus au beau milieu de la nuit. C'était Léo qui tentait de quitter l'appartement subrepticement. Voilà pourquoi il s'était étonné de l'avoir aperçue emmitouflée dans une grosse couverture alors que lui crevait de chaud.

L'heure n'était pas aux remontrances, Romeo devait agir vite.

— Allez, descends de là et mets-toi à l'abri dans la voiture. Et tu bronches pas, OK ?

Elle fit oui de la tête en silence.

Romeo sortit du mode père de famille pour entrer à nouveau dans celui d'ex-bandit. La voiture de Benacer venait de faire le saut de l'ange et il fallait aller vérifier tout ça de plus près.

En contrebas, à quelques mètres à peine du bord, le véhicule était couché sur le côté, contre un arbre. Le moteur fumait encore et les roues avant continuaient de tourner comme pour terminer le boulot auquel elles étaient destinées.

Romeo se pencha pour scruter l'habitacle. Rien. Il fit quelques pas glissés en direction de la carcasse de métal, mais aboutit à la même conclusion. Pas l'ombre d'un Benacer.

Contrarié, il remonta sur le bord de la route et pivota sur la droite pour jeter un coup d'œil à Léo, mais la seule chose qu'il eut le temps d'apercevoir fut le goudron écaillé de la chaussée. Il venait de prendre un violent coup sur la nuque.

Lorsqu'il reprit ses esprits, la scène ne lui plut pas du tout. Lui, au sol avec un mal de crâne comme c'était pas possible et Mustapha Benacer – bien amoché quand même – qui le tenait en joue avec le fusil à pompe qu'il s'était donné tant de mal à récupérer.

— Les rôles s'inversent, Brigante.

Sa tempe gauche était maculée de sang et chaque fois qu'il bougeait les mâchoires pour parler, un peu plus de son liquide vital se répandait sur sa joue.

— Je sais pas comment tu m'as retrouvé, mais le jeu est fini. En tout cas, ta partie s'arrête ici, le rital. Merci de ton aide et je te dis pas à bientôt.

Il arma le fusil et visa la tête de Brigante qui, dans un geste stupide de survie, se protégea le visage avec son bras droit comme s'il pouvait lui être d'une quelconque protection.

Il y eut un grand boum puis le silence.

16

8 h. DIPJ de Lyon.

Sofia avait fait claquer tout ce qu'elle avait pu faire claquer : les portes, les fenêtres, même les tiroirs de son bureau. Le capitaine Ropert, pourtant habitué aux humeurs de sa supérieure, n'osa presque pas s'approcher de la tornade Van Deren.

— Qu'est-ce que vous faites, commandante ?

— Ça se voit pas, Ropert ? Mes cartons !

— J'ai dû louper un épisode...

— Oui ! Et un gros ! Le préfet m'a convoquée hier et m'a donné vingt-quatre heures pour rassembler mes affaires et me mettre au vert.

Frédéric Ropert ne répondit pas, mais sa mine interloquée en disait long. Voyant qu'il ne disait rien, Sofia enchérit :

— Il me reste encore un peu de temps à tirer, mais franchement, à moins d'un miracle, je préfère commencer à plier les gaules. Et au fait, Ropert, je veux voir personne, hein. Vous, ça va, mais je suis pas là pour le reste du monde, c'est compris ?

— Entendu.

Le capitaine fit un pas en arrière et ferma doucement la porte de la pièce. Perplexe, il se dirigea vers la salle de repos pour se faire un café, espérant qu'il coulerait dans un gobelet.

Dans le bureau de Van Deren, l'activité cessa quelques secondes puis la porte valdingua. La tempête Sofia n'avait pas rendu son dernier souffle :

— Ropert ! Chopin ! hurla-t-elle de sorte qu'on l'entendit dans tout l'établissement. On prend deux voitures, un fourgon, des brigadiers et on file. Exécution !

Le lieutenant Chopin, qui passait non loin, un dossier à la main, se risqua à une interaction :

— On va où, commandante ?

Sofia se tourna et le fusilla du regard.

— Tu verras bien, mets-toi en tenue.

～

— Tiens, regarde, là !

Léo pointait du doigt un vieux frigo dont le câble d'alimentation était aussi tendu que la corde d'un arc. La prise de courant était à droite et, en dépit du bon sens, on avait placé le réfrigérateur complètement à gauche, au maximum de la longueur de câble. C'était stupide, mais la raison à cela allait vite être découverte.

Romeo empoigna le frigo et le tira sur le côté. En raison du poids de la bête, il dut s'y reprendre à plusieurs fois, mais, très vite, un trou dans le mur se révéla. Derrière, dans une petite alcôve qui servait de cache aux malfrats, un fusil de chasse était appuyé contre des sacs poubelle qui dégueulaient de billets. Au fond, Romeo reconnut l'enveloppe de papier kraft dans laquelle il avait fourré les 200 000 balles ponctionnées à sa cagnotte aujourd'hui volatilisée. Il tendit la main et s'en empara.

— Viens, on se tire, lança-t-il à Léo.

— Tu vas laisser tout ce fric ? demanda-t-elle, perplexe.

Brigante se retourna et reluqua la mini caverne d'Ali Baba.

— T'as raison, je peux décemment pas laisser tout ça.

Dans la voiture de son père roulant à vive allure sur le chemin du retour, Léo affichait un grand sourire. Romeo le lui rendit. Il lui devait sa vie.

Après l'accident, quand Benacer était réapparu de nulle part tel un zombie d'un film de série Z et qu'il avait asséné un magistral coup dans la nuque de

Romeo, elle s'était baissée, avait ouvert sa portière et s'était cachée sous la voiture.

Alors qu'elle observait la scène depuis le ras des pâquerettes, son sang n'avait fait qu'un tour quand Mustapha avait saisi le fusil à pompe tombé au sol. Elle avait rampé jusqu'à l'arrière de la voiture, s'était relevée et avait empoigné la première chose qui lui était tombée sous la main : une lourde clef en croix. Elle n'avait pas réfléchi une seule seconde et avait frappé l'arrière du crâne de Benacer de toutes ses forces. Il s'était écroulé sans même avoir le temps de pousser un cri de douleur.

Les sirènes hurlaient à travers le petit village d'Yze-ron. Les autochtones matinaux avaient pu assister coup sur coup à une course poursuite de voitures et à l'intervention musclée de la police dans une petite ferme délabrée au bout d'un chemin terreux semblant ne mener nulle part. C'était presque mieux que TF1.

Van Deren avait suivi les instructions de Romeo à la lettre et personne dans son service n'avait posé de questions. Si Brigante avait dit vrai, elle tenait là son salut et celui de sa carrière.

Le convoi arrivé face à la vieille bâtisse, Van Deren s'était jetée hors du véhicule conduit par Ropert et s'était précipitée à l'intérieur, le flingue en avant.

Alors qu'elle dévalait les marches deux par deux en direction de la cave, elle était collée de près par Chopin. Ils arrivèrent tous les deux face à un spectacle étrange : trois masses humaines informes semblaient être agencées dans des positions pour le moins inconfortables. Après quelques secondes d'accoutumance à l'obscurité de la pièce, les deux flics comprirent ce qu'ils avaient sous les yeux. Le gitan, un Yougo et Mustapha Benacer gisaient à plat ventre, face contre sol, pieds et poings liés dans le dos comme dans une sorte de séance de yoga pour fans de Satan. Il ne manquait plus que des bougies et un pentacle pour redonner à l'endroit tout son charme.

Voyant les hommes les plus recherchés du département se tenir ligotés devant eux, Chopin ne réussit pas à passer outre l'anomalie.

— Qu'est-ce que c'est que ce délire ? lâcha-t-il, plus pour lui-même qu'autre chose.

— Aide-moi à les détacher et fous-leur nos menottes ! ordonna la commandante.

— Mais...

Van Deren sauta sur le lieutenant et le plaqua contre un mur recouvert de salpêtre. Sa gorge était prise en étau dans l'étreinte puissante des mains de sa supérieure.

— Je sais que c'est toi qui m'as balancée au préfet, Chopin. Je pense que t'es un bon gars au fond et t'es un bon élément, mais sur ce coup-là, tu vas fermer ta petite gueule et suivre mes ordres. Tu vas m'aider à détacher Benacer et ses deux sbires et on va leur foutre nos menottes avant que le reste de l'équipe ne débarque. Et si je vois un seul mot à ce sujet dans un de tes rapports, je te jure que je vais pourrir ta vie jusqu'à ce que tu me supplies à genoux d'arrêter. C'est compris ?

On aurait dit que Chopin pleurait. Était-ce le manque d'oxygène ou le discours le plus flippant qu'il ait jamais entendu de sa carrière ? Lui seul pouvait le savoir.

Lorsqu'elle lâcha prise, le lieutenant se ressaisit et exécuta immédiatement l'ordre qu'il avait reçu. Pour lui, la journée allait être très longue avant de pouvoir digérer ce qui venait de lui arriver.

17

E nfin de retour dans l'atmosphère confortable et utérine du Shakespeare, Romeo regardait une chaîne d'information en continu tout en servant les premiers cafés du matin. Léo essayait de finir sa nuit sur une banquette de l'arrière-salle, car il l'avait réveillée et contrainte à le suivre jusqu'au bar. Hors de question de la laisser seule, même à quelques mètres de lui, pas après ce qui s'était passé.

La veille, il avait appelé Van Deren pour lui donner toutes les instructions au sujet de la planque de Benacer. Il avait laissé l'argent volé des casinos pour preuve, mais avait tout de même ponctionné une vingtaine de milliers d'euros, histoire de pouvoir se racheter le petit bijou qu'on lui avait lâchement subtilisé : sa BMW 535i de 1984. Il avait également récupéré ses 200 000 euros et un fusil à pompe. Jusqu'alors, personne n'était venu lui passer les pinces et la commandante n'avait pas encore donné de nouvelles. Pas de nouvelles, bonnes nouvelles. Un dénouement idyllique, aurait-on pensé, et pourtant, à ce moment précis, Romeo pouvait se targuer d'être l'homme le plus inquiet de France et de Navarre. Bien qu'il n'ait jamais vraiment su où était cette fameuse Navarre...

Après la course poursuite et le coup de pouce de Léo – du moins, le coup de clef en croix métallique de trois kilos –, Romeo avait ramené Benacer à sa planque. Comme celui-ci ne voulait pas parler, il lui avait pété tous les doigts de la main droite. Un par un. À chaque phalange, Mustapha en disait un peu plus et lorsqu'il avait eu terminé, l'histoire avait pris tout son sens.

Un seul nom pointait le bout de son nez dans tous les recoins de ce puzzle, même dans les plus obscurs : celui de Tony Perez. Ce fils d'immigré espagnol – à défaut d'autre mot et pour rester poli – était derrière toute l'affaire depuis le début. Romeo en avait eu des frissons dans le dos. À la grande époque, ils avaient été partenaires, ils s'entendaient comme larrons en foire, mais Tony avait toujours été plus discret, plus en retrait, ce qui lui donnait fatalement un air un peu plus fourbe, plus sournois. Tellement en retrait, le Tony, qu'il n'avait jamais été appréhendé et qu'à l'époque où Romeo avait été cueilli par les condés, la justice lui avait tout foutu sur le dos. L'opinion publique était satisfaite, les flics avaient reçu les honneurs de la préfecture, tout le monde s'était serré la main et était rentré chez lui. Et Tony Perez ? Envolé, oublié, jamais existé.

Après tous ces coups de bottin, ces nuits à se faire réveiller toutes les heures pour entendre les mêmes questions en boucle, Brigante n'avait jamais craqué. Il était resté muet comme une tombe, sachant bien qu'il creusait ainsi la sienne. Tant pis pour toi, le rital, si tu ne parles pas : tu vas prendre pour les autres ! Et il avait pris. Quatorze ans. Pour les autres. Pour tout le monde. Pour Tony Perez.

Quand Benacer avait craché le nom à consonance andalouse, Romeo avait failli tourner de l'œil. Après toutes ces années, son ancien complice en voulait toujours à l'argent du casse des casinos. Pourquoi ? Il avait pourtant eu sa part, tout avait été réglo de ce côté. Comment pouvait-il en vouloir à ce point à Romeo, lui qui aurait pu voir sa peine amoindrie de plus de la moitié en lâchant simplement son nom ? Pourtant, la triste vérité était bien celle que Mustapha distillait contre son gré, os brisé après os brisé.

Benacer travaillait pour Perez dans l'ombre et l'Espingouin l'avait attiré dans ses filets avec la promesse d'une somme rondelette. Tout avait été millimétré. D'abord, l'approche au Shakespeare en utilisant leur vieux code avec la garantie de faire office de madeleine de Proust. Grâce à ça, Romeo avait mordu à l'hameçon instantanément et avait offert un lieu de réunion à Benacer et à sa bande pour qu'ils planifient leur casse. La suite était simple : il suffisait de trouver un prétexte pour obliger Romeo à sortir une grosse somme d'argent de là où il le planquait et le tour était joué. Il serait forcé d'aller taper dans son trésor de guerre et c'était à ce moment-là qu'ils sauraient enfin où il le cachait depuis toutes ces années. Pour être sûr qu'il coopère, il fallait s'en prendre à ceux qui lui étaient chers. Benacer avait bien tenté de faire pression sur Romeo en menaçant de faire du mal à son père, mais le rital avait plus d'un tour dans son sac. C'était l'arrivée de Léo qui avait permis de passer la deuxième. Monsieur Brigante avait donc une fille ! Du vrai pain bénit et pour ne rien gâcher, la petite pépée pourrait même leur servir de quatre heures, on n'était plus à un délit majeur près.

Brigante était fait comme un rat. Il avait suffi de lui fournir un téléphone qui allait jouer les mouchards et d'attendre tranquillement qu'il aille récupérer l'argent de la rançon. Un vrai jeu d'enfant ! En prime, ils avaient même trouvé sur place un moyen de transport qui avait de la gueule. Le symbole avait dû être trop beau pour Perez qui avait officié à l'époque dans la bande des Allemandes avec l'Italien.

Une sorte de nouveau casse du siècle qui récupérait l'argent de l'ancien.

Sur l'écran plat au fond du bar, les images d'un lieu qu'il connaissait bien défilaient devant les yeux de

Romeo. Son sang se glaça quand il comprit ce qui se tramait. Il sauta sur la télécommande et augmenta le volume. Plus aucun doute possible désormais : les emmerdes n'étaient pas terminées.

Un incendie ravageur s'était déclenché en milieu de matinée au centre des Eaux Vives. Deux gros camions de pompiers étaient garés à quelques dizaines de mètres du bâtiment en flammes et les secours avaient déjà commencé à évacuer les résidents et le personnel. L'accès à certains endroits du complexe était encore impossible tant que le foyer était aussi vigoureux. Personne ne savait s'il restait des personnes encore à l'intérieur et le recensement se faisait lentement à l'extérieur, sous de grandes tentes montées en hâte par le SAMU.

Les larmes aux yeux, Romeo secoua Léo qui s'était de nouveau endormie sur le zinc. En premier lieu, elle protesta, puis, voyant la mine abattue de son père, se plia à ses exigences.

— On ferme ! gueula-t-il pour la centième fois ces derniers jours.

Sofia jubilait derrière son bureau. Elle était en ligne avec le préfet et, par défi, elle avait mis le poste téléphonique en haut-parleur. Le lieutenant Chopin se coltinait la paperasse sur une table dans un angle de la pièce.

— *Écoutez, commandante, je ne peux que vous féliciter.*

— Merci, monsieur le préfet. Vous savez, je n'ai fait que mon devoir. Vous m'avez laissé vingt-quatre heures, l'ultimatum m'a motivée.

— *Je vous avais laissé vingt-quatre heures pour... Bref, l'essentiel est que l'affaire soit sur le point d'être résolue.*

— Oui, et comme tous les médias sont sur le coup, c'est un beau coup de pub pour la police et votre action dans la région. J'ai vu votre intervention, vous passez très bien à la télé.

— *Continuez à faire votre boulot, je continuerai à faire le mien. Et restez dans les clous, c'est compris ?*

— Bonne journée, monsieur le préfet.

Elle raccrocha.

Frédéric Chopin leva la tête puis se replongea dans ses papiers.

— Le gitan a parlé ce matin, lança Van Deren. Il a déjà avoué à demi-mot que Benacer était le cerveau de toute l'affaire. C'est le moins con de tous, il sait qu'avec les billets qu'on a retrouvés, il peut pas s'en sortir en niant tout en bloc. Encore quelques heures au frais et il va craquer, je le sais.

— C'est bien, ça avance, répondit Chopin.

Il avait dit ça mollement, sans vraiment de conviction. Il sembla se perdre dans ses pensées quelques instants puis se tourna vers Sofia.

— Vous savez, commandante, pour le préf...

— Chut ! Je vois pas de quoi tu veux parler. T'es

nouveau, tu viens d'arriver, t'enfonce pas, tout le monde t'aime bien ici.

Un minuscule sourire gêné s'était pointé sur le visage du lieutenant. Il l'effaça aussitôt. Il avait déconné, pas question de tout foutre en l'air en affichant une mine victorieuse.

Des bruits de pas lourdement martelés firent trembler les cloisons du couloir principal de la DIPJ. Une jeune femme visiblement en colère fit irruption dans le bureau de Van Deren.

— Mon client à tous les doigts de la main droite fracturés ! J'exige qu'il voie un médecin sur-le-champ !

— Rebonjour maître Wacrenier, dit Sofia, affichant un rictus sarcastique. C'est prévu. Benacer a rendez-vous avec un médecin dans quelques heures.

— Non, mais c'est un zoo ici ou quoi ? Je compte déposer une plainte pour ce grief, entre autres.

Elle avait dit « entre autres » parce que tous les avocats disent toujours « entre autres ». Van Deren savait pertinemment que les baveux essayent sans cesse de vous faire croire qu'ils ont des montagnes contre vous et qu'ils peuvent dégainer les preuves contradictoires ou les vices de procédure comme on tire un flingue de sa chaussette lors d'un duel. Mis à part cette histoire de doigts pétés, elle n'avait strictement rien.

— De quoi ? Pour ses blessures ? relança la

commandante. Il a résisté à l'arrestation et s'est coincé les doigts dans une porte. Tout est dans le rapport qu'est en train de nous concocter le lieutenant Chopin, n'est-ce pas Aymeric ?

Il releva la tête, jeta un regard vers l'avocate et opina du chef.

18

La route qui montait au centre des Eaux Vives était barrée par la police. Une colonne de fumée s'élevait du sommet de la colline. Romeo serrait les dents pour tenter de garder son calme.

Il se gara en hâte et se précipita sur un des deux gardiens de la paix, suivi de près par Léo. L'homme en uniforme fit un pas en avant et tendit la main pour lui barrer la route.

— Brigante ! Giuseppe Brigante ! Y'a mon père là-dedans !

Lorsqu'il vit la détresse dans les yeux de Romeo, le flic changea radicalement d'expression.

— OK, monsieur, on va regarder ça. Vous avez une pièce d'identité ?

Romeo fouilla dans un vieux portefeuille qui partait en lambeaux et sortit sa carte d'une main tremblante.

Le policier s'en saisit et l'amena au collègue qui

se tenait à quelques mètres de là. Tous deux fouillèrent des yeux une liste de plusieurs pages puis l'agent revint vers la barrière de sécurité.

— Je vais vous laisser entrer, la tente du SAMU se situe sur votre droite, juste derrière la haie. Ils vous en diront plus là-bas.

— Mon père, est-ce qu'il est... ?

— Je peux pas vous dire, monsieur, dit-il avec empathie. Nous, on a juste la liste des résidents et du personnel, c'est le SAMU qui va vous dire tout ça.

Romeo était livide, il était resté planté là, le regard plongé au milieu de rien. Léo le tira par le bras pour le faire avancer.

Devant la grande tente blanche montée expressément par le SAMU, on contrôla de nouveau l'identité de Romeo. On le fit asseoir dans une salle d'attente de fortune au milieu d'autres familles en détresse. On lui proposa un café qu'il refusa.

Quelques minutes après, une infirmière s'approcha de Léo et de lui.

— Monsieur Brigante ?

Il leva la tête vers elle. Son visage portait les mêmes stigmates que ceux des pompiers qui avaient passé une nuit blanche à braver les flammes et à sauver des vies.

— Oui ?

— Giuseppe Brigante, c'est votre papa ?

Romeo ignora le ton infantilisant de l'infirmière,

car elle avait utilisé le présent, ce qui faisait oublier tout le reste.

— Oui, c'est mon père.

— Bon, dit-elle en souriant, il a juste été un peu choqué par tout ça, comme nous tous. Tout va bien, il a été transféré non loin d'ici à l'hôpital de Fourvière où ils vont procéder à des examens de routine. Je vous laisse une carte avec le numéro et l'adresse, c'est eux qui vous diront ce qu'il en est.

— Merci, madame.

Romeo fourra la carte dans sa poche, remercia le personnel du SAMU en notant de ne pas oublier de filer une petite pièce à Noël à tous ces gens qui passent leur vie à sauver la nôtre.

Après une attente interminable dans une salle de l'hôpital de Fourvière, Romeo put enfin voir son père. On lui avait dit qu'il avait la trachée irritée à cause des fumées, mais que c'était une lésion totalement mineure, pas de quoi s'inquiéter. Giuseppe Brigante pourrait sortir le jour même. Ça tombait bien, Romeo venait justement le chercher.

— C'est bon, t'as toutes tes affaires ?

— Oui, tout ce que j'ai sur moi... Le reste a brûlé dans l'incendie.

— T'inquiète, papa, on va te racheter tout ce dont tu as besoin. Allez, viens, je te ramène.

— Où ça ?

— Chez moi, je vais te préparer ma chambre. Léo et moi on dormira dans le salon.

— Léo ? C'est qui, ça, ta nouvelle nana ?

— Euh... Non, pas exactement. Je t'expliquerai.

Romeo fit une pause puis demanda :

— En parlant de nana, elle est où, la tienne ?

— Mireille ?

— Oui, ta partenaire de belote. Elle... Elle va bien ?

— Oui, oui, fit-il avec un grand sourire, elle était dans l'aile du bâtiment qui n'a pas été touchée.

D'une main tremblante, Giuseppe sortit un papier bristol sur lequel on avait consciencieuse-ment écrit quelques lignes en gros caractères. Il le tendit à son fils.

— Sa fille est venue la chercher et elle m'a laissé son adresse et son numéro de téléphone.

— Pourquoi tu me donnes ça ?

— C'est toi qui me conduiras chez elle quand tu pourras.

— Tu perds vraiment pas le nord, toi ! Allez, on se tire d'ici, j'aime pas l'odeur des hôpitaux.

Brigante père et fils quittèrent le bâtiment et se dirigèrent lentement vers la voiture garée sur le parking. À travers les vitres de l'habitacle, Léo décou-vrait son grand-père pour la première fois.

Elle était sortie, avait dit « Bonjour, monsieur » et s'était installée à l'arrière, laissant la place passager au grand-daron.

Giuseppe ne posa aucune question sur Léo, il

voulait seulement savoir où ils allaient. Direction le Shakespeare puis l'appartement de Romeo. Ensuite, ils iraient tous faire les courses en famille, probablement à la galerie commerciale de La Part-Dieu, pour fringuer le pater et lui trouver de quoi faire sa toilette.

Dans le vieux Lyon, non loin de son bar, Romeo se gara sur une place livraison, sortit rapidement de son véhicule, s'engagea dans la rue Mouton et gravit les marches à grandes enjambées. Arrivé au niveau de la rue Saint-Georges, il bifurqua sur la gauche et aperçut la devanture du Shakespeare.

C'est là qu'il comprit.

La grande baie vitrée avait explosé sous le choc d'une grosse pierre qu'on avait balancée à travers elle. À l'intérieur, tout le mobilier avait été saccagé, la verrerie cassée, les fauteuils lacérés et les deux flippers détruits. Il ne prit même pas la peine d'entrer et d'inspecter les dégâts de plus près, il savait déjà tout.

Au centre des Eaux Vives, il avait laissé traîner ses oreilles et avait entendu les flics parler d'incendie criminel et là, quelques heures après, il retrouvait son bar complètement détruit alors qu'il y servait des cafés quelques heures plus tôt. Ça laissait peu de chance au hasard. C'était trop tôt pour être l'œuvre de vandales insomniaques et trop tard pour être celle d'une bande de jeunes cons bourrés en sortie de boîte.

Le coup de Benacer, l'enlèvement de Léo, la thune, la BM, l'incendie et le sac du Shakespeare n'étaient le fait que d'une seule et même personne : Tony Perez.

Romeo rentra violemment dans la voiture.

— T'as fait vite, osa Giuseppe.

Aucune réponse.

Léo crut voir une larme perler sur la joue de son père et lorsqu'il frappa le volant à plusieurs reprises, elle en eut alors la certitude.

Il enclencha la première vitesse, fit crisser les pneus en démarrant comme un voleur en cavale et faillit percuter un vélo qui roulait tranquillement sur le quai.

— Putain, fais attention ! cria son père. Qu'est-ce qui t'arrive ?

— On va où ? coupa Léo.

Romeo serra les dents à s'en faire exploser les plombages et répondit enfin :

— Loin d'ici !

Ni Giuseppe ni Léo ne comprenaient ce qui se tramait. Romeo s'était garé devant la DIPJ de Lyon – c'était en tout cas ce que disait la plaque métallisée rivetée sur un des poteaux du portail – et il était sorti de la voiture en trombe, se retournant vers les deux qu'il avait laissés pantois dans l'habitacle.

— Qu'est-ce que vous foutez ? Venez !

Interloqués, Léo et son grand-père s'exécutèrent et suivirent Romeo jusque dans l'antre du bâtiment décrépi.

À l'accueil, Romeo frappa du poing sur le comptoir :

— J'ai besoin de voir Van Deren !

— Déjà, bonjour. Ensuite, je ne sais pas si la commandante est disponible aujourd'hui. Il y a une raison particulière pour que vous ayez besoin de parler spécifiquement à... ?

— Ça y est, t'as réussi à me gonfler !

Romeo tourna les talons et s'engagea dans le premier couloir en face de lui. Il connaissait le chemin.

— Hé ! Monsieur !

Le brigadier fit le tour de son comptoir, matraque déjà dégainée, et se précipita aux trousses de Romeo. Après la première porte sur la gauche, il le repéra et se jeta sur lui. Les deux hommes se débattirent comme des chiens qu'on doit séparer à coup de jet d'eau. Le vacarme fit sortir de leur cachette tous les gradés du bâtiment. Van Deren ne dérogea pas à la règle. Quand elle comprit qu'il s'agissait de Romeo Brigante, elle stoppa la rixe d'une gueulante :

— Garnier ! C'est bon, laissez-le, j'en fais mon affaire.

Encore sonné par le combat éclair, le brigadier releva la tête en direction de la commandante et acquiesça. Il termina de reprendre son souffle sur le chemin de l'accueil comme un chien rejoignant sa niche, la queue entre les jambes.

— Qu'est-ce que c'est que ce bordel, Brigante ?

— Commandante, j'ai besoin de vous.

Jamais personne sur cette terre n'aurait pu croire qu'un jour, Romeo Brigante prononcerait ces mêmes mots dans un service de police. Cette fois-ci, le rital avait besoin des flics. Un prêté pour un rendu. Il savait que Sofia Van Deren serait compréhensive, elle lui devait bien ça.

Elle lui fit signe d'entrer dans son bureau et de prendre un siège. Sachant qu'il avait laissé en plan son père et sa fille à l'entrée de la DIPJ, Romeo fut le plus concis possible :

— Qu'est-ce que vous diriez de faire le coup de votre carrière, de choper le bandit de ces vingt dernières années et de résoudre ce qu'on a appelé à l'époque le casse du siècle ?

Les pupilles de Van Deren se dilatèrent sous l'action de l'adrénaline. Elle se shootait à ça, elle vivait pour ce genre de situation, c'est pour ça qu'elle était flic. Fixant Romeo, elle plissa les yeux, attendant qu'il continue.

— Je peux vous livrer Antoine Perez, mais j'ai une condition.

— Il y a toujours un mais avec vous, je crois te l'avoir déjà dit, fit-elle d'un ton plus léger que la dernière fois. Je t'écoute.

— J'ai besoin d'une protection policière maxi-
male. J'ai amené ici ce que j'ai de plus cher, mon père
et ma fille. Si on sort de cet immeuble, c'est uniquement avec la certitude qu'on fera partie d'un
programme de protection de témoins.

Les pensées se bousculaient à la vitesse de la
lumière dans la tête de Van Deren. Elle pesait le pour
et le contre et était arrivée très vite à la conclusion
qui s'imposait : il n'y avait pas de « contre ».

D'un geste machinal exécuté des milliers de fois,
Sofia plongea les deux mains dans sa chevelure
rousse et refit sa queue de cheval, prenant soin de
bien tirer ses cheveux en arrière, puis elle décrocha
son téléphone.

— Ropert ? Fais venir Sabatini ou El Ouadi du
programme de protection de témoins, c'est une
urgence.

Elle raccrocha puis relança :

— Va chercher ton père et ta fille, on va causer de
tout ça ensemble.

ÉPILOGUE

Le ministère de l'Intérieur avait mis en place un projet unique, une sorte d'expérience qui courait depuis près d'un an déjà. Un petit village d'Ardèche avait été sélectionné parmi des centaines pour accueillir un nouveau genre de programme de protection de témoins.

En temps normal, les personnes à protéger étaient déplacées avec leurs proches vers un lieu secret et une patrouille de flics se relayait vingt-quatre heures sur vingt-quatre pour assurer leur sécurité. Avec cette nouvelle formule imaginée par le ministère, les témoins sous protection judiciaire étaient regroupés dans un même lieu, à Pont-en-Royans, petite bourgade à mi-chemin entre Grenoble et Valence. Engoncé dans le parc naturel du Vercors et entouré par une forêt et un fleuve faisant office de barrières naturelles, ce village constituait le lieu idéal pour mettre à l'abri les témoins clefs de plusieurs procès en cours. Le but du projet étant évidemment de baisser les coûts, mais surtout de faciliter l'accès aux témoins pour la police et la justice.

Les Brigante – père et fils – et Léo furent dépêchés dans la nuit à Pont-en-Royans. Des agents en civil avaient fait le déplacement jusqu'au logement de Romeo afin de leur rapporter quelques affaires de rechange, le nécessaire de toilette et une liste expressément succincte d'objets à caractère sentimental.

Le voyage s'était fait dans trois véhicules banalisés qui avaient emprunté des itinéraires différents.

Au beau milieu de la nuit, les trois générations de Brigante découvrirent leur nouveau lieu de vie. C'était une petite habitation prise en tenaille entre la forêt et la Bourne[1], sobre et confortable. Léo la trouvait plutôt lugubre, mais elle garda cette information pour elle-même.

Romeo allait devoir tout expliquer à la mère de la petite. Il la voyait déjà faire une syncope et le haïr sur dix générations. Pour l'heure, le danger nommé Tony Perez était écarté et un long entretien avec la commandante Van Deren était prévu le lendemain dans les locaux de la gendarmerie du coin. Il s'agirait de monter une opération pour aller cueillir l'ancien boss de la bande des Allemandes et de le mettre en examen pour un maximum de chefs d'accusation. Tout ça n'était que de l'ordre de l'hypothèse, car il fallait encore écouter le témoignage de Romeo et voir s'il y avait vraiment quelque chose à se mettre sous la dent. Il était certain que Van Deren ne se lancerait pas à l'assaut du plus grand bandit des deux dernières décennies sur les bonnes paroles de son ancien complice : il faudrait du concret et du très lourd.

Allongé dans un lit au confort sommaire, Romeo était bercé par les clapotis des vagues contre les rochers. Il espérait dormir d'une traite jusqu'au lendemain, car la journée allait être très longue. Il allait devoir se mettre à table et cracher tout ce qu'il s'était efforcé de garder enfoui en lui pendant toutes ces années. Il n'avait plus le choix : mettre hors d'état de nuire Tony Perez était la seule solution pour que ses proches et lui restent en vie.

FIN

NOTES

Chapitre 1

1. Ensemble de deux prisons lyonnaises, construites au sud de la gare de Perrache et fermées en 2009 pour cause de vétusté et surpopulation.
2. Un gamin, en patois lyonnais.
3. Pistolet semi-automatique.

Chapitre 4

1. Dans la culture skinhead, deux bords se distinguent clairement : les skins d'extrême droite et les autres, antifascistes par essence, plutôt de gauche voire d'extrême gauche. La couleur des lacets fait partie des multiples signes de reconnaissance : blancs pour les skinheads racistes et rouges pour ceux qui les combattent.

Chapitre 5

1. Groupe d'hôtels et casinos français.

Chapitre 6

1. Restaurant typique de spécialités lyonnaises.
2. Héroïne.

Chapitre 8

1. Fusil à pompe.

Chapitre 10

1. Réalisateur américain de films d'horreur.

Chapitre 11

1. À la prochaine fois.

Épilogue

1. Rivière qui traverse Pont-en-Royans.

PAS ENVIE D'EN FINIR LÀ ?

Que va-t-il advenir de Léo et de Giuseppe ? Romeo est-il vraiment en sécurité là où il est ? Et cette enquête sur Antoine Perez, Van Deren n'arrive-t-elle pas trop tard ?

Pour le savoir, plongez-vous sans plus attendre dans le tome 2 de la série Romeo Brigante : **Le dernier rituel.**

Une série de meurtres. Une confrérie secrète. Aider la police ou retourner en prison ? Brigante doit choisir...

La conditionnelle de Romeo Brigante, ex-braqueur repenti, ne tient qu'à un fil : soit il collabore avec la Crim' de Lyon sur une affaire énigmatique, soit il retourne en prison pour finir sa longue peine.

Romeo bafouera-t-il son code d'honneur pour jouer les indics et se lancer aux trousses d'un serial killer dans le milieu occulte et fermé de la Franc-Maçonnerie ?

Pour continuer dans ce nouveau polar de la série, rendez-vous dans votre librairie préférée pour le commander ou visitez le lien suivant :

www.floriandennisson.com/romeobrigante2

Bonne lecture !

ET MAINTENANT ?

Tout d'abord, je tiens à vous remercier pour votre confiance et j'espère de tout cœur que vous avez apprécié cette histoire. Si c'est le cas, rien ne me ferait plus plaisir qu'un petit commentaire de votre part au sujet du livre sur vos réseaux sociaux, sur vos sites littéraires favoris tels Babelio ou Bepolar, ou tout simplement sur la plateforme où vous vous êtes procuré ce roman.

D'un côté, ça aide grandement les éventuels lecteurs à faire leur choix et d'un autre, ça permet à un auteur indépendant comme moi d'obtenir un tout petit peu plus de visibilité dans cet océan de livres où les grandes maisons d'édition et les auteurs célèbres tiennent le haut du pavé.

C'est votre mission, j'espère que vous l'accepterez et ne vous inquiétez pas, ce message ne s'autodétruira pas dans cinq secondes !

PS : pour vous remercier de m'avoir accordé votre temps et d'être allé au bout du récit, j'ai un cadeau pour vous... **Tournez la page pour le découvrir !**

VOTRE E-BOOK OFFERT !

UNE ÎLE. CINQ PRÉTENDANTS À UN HÉRITAGE MYSTÉRIEUX. AUCUNE ISSUE...

Recevez gratuitement et en exclusivité le premier épisode de ma série thriller **MACHINATIONS** grâce au lien suivant :

www.floriandennisson.com/ebook-gratuit
(ou en le recopiant sur votre navigateur Internet).

RESTONS EN CONTACT !

Après avoir passé des mois à construire ce nouveau roman, c'est vous qui lui donnez vie en le lisant et pour ça, je dois vous remercier encore une fois chaleureusement. J'espère que vous avez pris autant de plaisir à vous plonger dans ce polar que j'en ai eu à l'écrire.

Je suis ce qu'on appelle un auteur indépendant, c'est à dire que je me charge de toutes les étapes de la publication de chaque livre de A à Z. Même si j'ai la chance d'être accompagné par mes bêta lectrices et lecteurs, par ma correctrice et par tous ceux qui m'aident au quotidien, c'est une énorme charge et une entreprise bien solitaire qui me laisse néanmoins une grande liberté. Notamment celle de pouvoir être au plus près de mes lectrices & lecteurs à toutes les étapes de la conception d'un nouveau roman, et ça, ça n'a pas de prix.

L'aventure ne s'arrête donc pas là ! Et la meilleure façon pour me retrouver, connaître les sorties de mes

prochains romans, bénéficier de promotions exclu-
sives, recevoir des livres gratuits et tout savoir sur
l'envers du décor de mon métier d'écrivain, c'est en
vous inscrivant à mon **Groupe de lecteurs** ici :

www.floriandennisson.com/inscription

Pour le reste, je suis également présent sur les différents réseaux sociaux et vous pourrez en savoir plus
sur mes inspirations, ma façon de travailler, mes
personnages, mes coups de cœur et mes coups de
gueule lecture, etc.

Rejoignez-moi avec d'autres lecteurs ici :

 facebook.com/floriandennisson

twitter.com/Fdennisson

 instagram.com/floriandennisson

MES AUTRES ROMANS

DÉCOUVREZ MON UNIVERS

LA LISTE

Quatre noms sur une liste. Quatre victimes introuvables. Comment les identifier et briser le silence ?

L'adjudant Maxime Monceau, spécialiste du langage non verbal, se voit chargé d'enquêter sur une affaire mystérieuse qui met la Brigade de recherches dans une impasse. Un homme étrange s'est présenté de lui-même à la gendarmerie pour s'accuser d'assassinat.

Problème, hormis une unique phrase qu'il psalmodie en boucle, l'inconnu reste totalement muet sur son identité et les raisons qui l'ont poussé à l'acte.

L'horloge tourne et, sans constatations ni

victimes, ce suspect pourrait se retrouver en liberté et continuer sa folie meurtrière.

Ce que les lecteurs en disent :

"C'est mon premier livre de cet auteur, et je suis ravie de l'avoir choisi. En effet, l'intrigue est bien menée, les personnages sont attachants et bien sûr, la cerise sur le gâteau, la fin très inattendue ...

A lire sans hésiter !"

— Mireille83 : ★★★★★

"Bel objet, rythme qui nous tient en haleine. On tourne les pages sans même s'en rendre compte pour connaître la suite, s'enfoncer encore plus dans l'univers de Florian Dennisson que j'adore toujours plus à chaque nouveau roman. Des descriptions parfaitement menées, une bonne intrigue, un personnage principal attachant, mystérieux, bref, un excellent roman !!! MERCI !"

— Virginie Laforme : ★★★★★

Comment obtenir ce livre ?

Rien de plus simple ! Vous pouvez vous le procurer dans toutes les versions de votre choix (e-book, papier et même en audio !) en vous rendant sur ma boutique. Pour ce faire, tapez le lien suivant dans votre navigateur :

www.floriandennisson.com/boutique.

Sinon, rendez-vous chez votre libraire préféré et commandez-le !

MACHINATIONS

Une île privée et recluse, cinq prétendants à un mystérieux héritage, aucune issue...

Naima, Eugénie, Hugo, Bertrand et Victor ne se connaissent pas, pourtant ils vont tous se retrouver au même endroit, dans un port de Bretagne un soir d'hiver, après avoir reçu un courrier au sujet d'un héritage provenant d'un riche ancêtre dont l'identité est jalousement gardée secrète.

Un bateau doit les amener sur une île dont ils ne savent rien et peu après leur arrivée, le huis clos va virer au cauchemar. Pour protéger leurs vies dans un piège qui ne semble avoir aucune issue, ils vont devoir découvrir qui tire les ficelles de cette étrange machination ?

Ce que les lecteurs en disent :

"Laissez-vous embarquer par ce thriller. Une fois commencé, chaque page est un rebondissement, pas de longueurs inutiles, du pragmatisme. Ce fut un régal de lire ce livre tout à fait dans la ligne des autres romans de l'auteur que je vous encourage à lire."

— Stbfh : ★ ★ ★ ★ ★

"Après un démarrage ressemblant aux "10 petits nègres", avec ses disparitions les unes autres les autres... Je me demandais comment la suite du roman allait être. Je n'ai pas été déçue pas la suite. Il s'agit d'un polar, dont le suspens est haletant. Les personnages sont attachants. Je recommande vivement !"

— Andel Laurence : ★ ★ ★ ★ ★

Comment obtenir ce livre ?

Rien de plus simple ! Vous pouvez vous le procurer dans toutes les versions de votre choix (e-book, papier et même en audio !) en vous rendant sur ma boutique. Pour ce faire, tapez le lien suivant dans votre navigateur :

www.floriandennisson.com/boutique.

Sinon, rendez-vous chez votre libraire préféré et commandez-le !

UN VOISIN ÉTRANGE

Voici mon tout premier **roman à suspense pour la jeunesse.** J'ai pris beaucoup de plaisir à me prêter à l'exercice et si je peux transmettre le virus de la lecture ne serait-ce qu'à un enfant ou pré-ado, j'en serais le plus heureux !

Pendant les vacances de la Toussaint, Olivier Leroy pénètre sans en avoir le droit sur le terrain d'une des maisons de son village et fait une découverte étrange ayant peut-être un rapport avec l'une des énigmes les plus célèbres de l'Histoire. Le lendemain, un voisin bizarre vient s'installer en face de chez lui, dans une maison délabrée dont personne n'a jamais voulu depuis des décennies. Puni et ayant interdiction de sortir de chez lui, Olivier va avoir beaucoup de mal à mener son enquête et résoudre les mystères qui s'accumulent autour de lui.

Ce que les lecteurs en disent :

"On connait Florian DENNISSON pour ses romans à suspense. Avec "Un voisin étrange", il se lance dans le roman jeunesse. Essai réussi. On retrouve la patte du suspens qui maintient le lecteur en haleine. Les jeunes adolescents qui se sentent un peu espion ou un peu enquêteur ou un peu aventurier ou les trois devraient trouver dans ce roman de quoi attiser leur intérêt et leur passion."

— Martine Legrand : ★★★★★

"Avis écrit ecrit par ma fille : Grâce à ce livre, j'ai imaginé plein d'aventures et j'ai passé un bon moment. Il était génial et il m'a bien passionné. Armonie 8 ans."

— Steph & sa fille Armonie :
★★★★★

Comment obtenir ce livre ?

Rien de plus simple ! Vous pouvez vous le procurer dans toutes les versions de votre choix (e-book, papier et même en audio !) en vous rendant sur ma boutique. Pour ce faire, tapez le lien suivant dans votre navigateur :

www.floriandennisson.com/boutique.

Sinon, rendez-vous chez votre libraire préféré et commandez-le !

TÉLÉSKI QUI CROYAIT PRENDRE

Plus de **60 000 lecteurs** on plongé dans cette nouvelle aventure du Poulpe dans le style de ses origines en hommage à Jean-Bernard Pouy.

Privé de son quotidien de prédilection, Gabriel Lecouvreur, dit le Poulpe, se retrouve à éplucher les faits divers d'un journal de province. Il s'entiche d'une affaire étrange qui va le mener dans la noirceur des secrets d'une des familles les plus puissantes de Courchevel.

Un magnat du monde de la nuit laissé pour mort au beau milieu de son chalet de luxe et de vieilles connaissances de Gabriel accusées à tort, c'est le Poulpe au pays de l'or blanc.

Ce que les lecteurs en disent :

"Titre qui donne envie de lire ce roman que j'ai tout simplement dévoré. Je l'ai trouvé bien écrit, bien tourné avec beaucoup d'humour et de jeux de mots, je ne me suis pas ennuyée. C'est agréable d'avoir des intrigues qui se passent en France. Je ne peux que vous le conseiller."

— Angélique : ★★★★★

"Super ! Florian Dennisson fait revivre Le Poulpe. Qui plus est dans cette belle région des Alpes que l'auteur connaît bien, pour être originaire d'Annecy. L'histoire est bien torchée et Le Poulpe défait les fils emmêlés avec une dextérité de semi-professionnel désinvolte. J'ai passé un bon temps à lire ce livre. Bravo et merci."

— JeFpissard : ★★★★★

Comment obtenir ce livre ?

Rien de plus simple ! Vous pouvez vous le procurer dans toutes les versions de votre choix (e-book, papier et même en audio !) en vous rendant sur ma boutique. Pour ce faire, tapez le lien suivant dans votre navigateur :

www.floriandennisson.com/boutique.

Sinon, rendez-vous chez votre libraire préféré et commandez-le !

 CHAMBRE
NOIRE

69, rue de Provence, 75009 Paris

www.chambre-noire-editions.com
Achevé d'imprimer en Pologne
Dépôt légal mai, 2020

Manufactured by Amazon.ca
Acheson, AB

12428796R00143